大川橋物語 1

「名倉堂」一色鞍之介

森 真沙子

時代小説

二見時代小説文庫

目次

大川橋物語1――「名倉堂」一色鞍之介《いっしきくらのすけ》

大川橋《おおかわばし》はまぼろしの橋

まず初めに、大川橋という名の橋は今はありません。

江戸時代、春はうららの隅田川《すみだがわ》は大川と呼ばれており、この川に五番めに架けられた橋が大川橋です。

江戸入りした家康《いえやす》は、奥州《おうしゅう》への入口として千住大橋《せんじゅおおはし》を築いたものの、防衛上の理由から、その下流での架橋はいっさい許しませんでした。

次の橋が架けられるまでほぼ半世紀。

明暦《めいれき》三年（一六五七）に大火が江戸の町を襲い、逃げた人々が橋のない川まで追い詰められ、十万人以上の焼死者が出てやっと、両国橋《りょうごくばし》が誕生したのです。

それから新大橋《しんおおはし》、永代橋《えいたいばし》。そして五番めが築かれた安永《あんえい》三年（一七七四）、江戸はすでに人口百万の大都市となっていました。

折しも徳川《とくがわ》の世は最盛期を迎え、町人文化が花開いた時期ですが、西の浅草《あさくさ》と東の本所《ほんじょ》をつなぐものは、未《いま》だ渡し船でした。しびれを切らした有志が幕府に願い出て、民間人の手による民間橋が生まれました。

それが〝大川橋〟です。

ただ、そんな由緒のためか、人々は幕府が名付けた正式名よりも、親しみやすい別称を好んだようです。江戸の東にあるから東橋《あずまばし》。また、橋は吾嬬《あずま》神社への参詣路でもあるから、吾妻《あずま》橋と。

それから百年。御一新《ごいっしん》成って、江戸が東京と改められた明治の初め、新政府は大川を隅田川、大川橋を吾妻橋と、その名を変えたのです。

いずれにしても江戸に生きた人々にとって大川橋は、西の歓楽地と東の景勝地を結ぶ、虹の架け橋だったことでしょう。

そして現代では、江戸が最も栄えた豊穣な時代へ私たちを誘《いざな》う、まぼろしの橋なのです。

第一話　最後の一手

一

夏の日は、昏れそうでなかなか昏れなかった。

もう遠い山の端《は》の夕映えは色褪せているのに、この『竹《たけ》ノ家《や》』の座敷から見える対岸には、まだ灯りが灯っていない。

その河岸から客を乗せて来る渡し船も、上流から大川橋の下を滑って来る荷足舟《にたりぶね》も、まだ無灯のまま櫓《ろ》を操っている。

だが橋上からはカタカタカタ……と夕闇に追われる人々の、せわしない下駄の音が響いてくる。

一色鞍之介《いっしきくらのすけ》は、そんな橋の夕景を、呆《ほう》けたように眺めていた。

竹ノ家は、橋の西河岸に軒《のき》を並べる料理茶屋の一つである。

家からはほんの一走りなのだが、ここに来るといつも、何だか遠い旅先にでも来たような気分になる。たぶん数本の竹に囲まれた侘《わ》びた佇まいと、昏れなずむ橋の眺めのおかげだろう。


多忙な骨つぎ師にとっては、得難い安息のひとときだ。

七月はもう半ばを過ぎていたが、今年の夏はまだまだ日照りが続いて暑かった。そのため涼しい午前に患者が集中し、治療場はまるで火事場騒ぎである。

やっと終了時間の正午になって門を閉ざしても、すぐ戸板や大八車《だいはちぐるま》で救急患者が五月雨《さみだれ》式に運ばれてくる。昼食が、午後遅くまでずれ込むことも珍しくはない。

鞍之介は三年前に、この大川橋近くに、接骨院『駒形名倉堂《こまがたなぐらどう》』を開業したばかり。といっても廃業した柔術の道場を安く買い取って、少々手を加えただけで、看板は新しくても、初めから古ぼけた印象の骨つぎ院だった。

院長鞍之介は二十八歳。治療場には〝助手〟と呼ぶ若い研修生が二人。あとは門番と雑用係を兼ねる若者が一人。十日に一回、代診がやって来る。

苦しい内情で人手が足りず、酒を届けに来た酒屋の丁稚《でっち》が、

「手が空《あ》いてるなら手伝ってくれないか」

などと治療場に呼び込まれることも、少なくない。

所帯はまだ持っておらず、奥の棟には病がちな母の十和《とわ》と、八つになる姪《めい》のみおがいるだけだ。

若い女中のお春《はる》は通いで、この家族三人と、寄宿人《きしゆくにん》三人の昼飯夕飯を作るのに大わらわで、お茶ひとつ出さない愛想のなさだ。

総じてこの家は女手がない。

そのせいもあって、いつも殺気立っている。

十和がよく、どこぞの娘の身上書《しんじようしよ》を見せては、身を固めるよう迫るのだが、それはそれでなかなか難しい。

「お待たせしました、いらっしゃいまし」

とその時、艶《なま》めかしい声がして、開け放した廊下から竹ノ家のおかみお島《しま》が入ってきた。

「今日はお早いお着きですこと、鞍先生お一人でございますか？」

鞍ノ介より七つ八つ年上だが、容貌にもその声にも艶《つや》っぽさが匂うようだ。

「ああ、今日は珍しく急患が少ないんで、これ幸いと……。ひさびさにおかみの顔を見ながら、一杯やりたい」

「まあ、相変わらず繁盛しておいでで、何よりです」

「いや、うちは貧乏暇なしの類《たぐい》でね。忙しいのと、儲かるのは、話が別らしい」

「ほほほ、話が別は、いずこも同じでございますよ」

「いや、こんなに安くて、美人がいる店なんて、そうざらにあるもんじゃない」

と鞍之介は、涼しい目に笑いを滲ませた。

お島は若いころは三味線の名手で、浅草《あさくさ》でも一、二の売れっ妓《こ》芸者だったそうだ。

だが今はおっとりして、過去に華々しく女たちとしのぎを削った苦労など、露ほども感じさせない。

「ま、ともかく酒をどんどん頼みます。いつ呼び戻されるか分からないから、一刻も早く差しつ差されつしたいです」

「あら、刺しつ刺されつとは、物騒な……」

とおかみは刀を振り回す仕草をして、笑った。

「ほほほ、鞍先生が仰《おつしや》ると、ついそう聞こえちゃって……。はいはい、修羅場の後の御酒《ごしゆ》は美味しゅうございましょう。すぐお持ちしますから、お待ちくださいませ」

と立ち上がって行く。

形よく尻が盛り上がったその後ろ姿に目をやって、鞍之介は笑っていた。こうしていつも自分を手玉に取るこのおかみが、気に入っている。

だが〝修羅場〟などとおかみに言われたことが、どこか面映《おもは》ゆい。

鞍之介にとって修羅場というのは、千住の名倉本院で過ごした修業時代のこと。あのころに比べると、今ははるかに楽だった。

(だがやるべきことはやっている)

という思いはあるが、骨つぎ師としてこれでいいかどうかは、よく分からない。

二

〝骨つぎ名倉〟で有名な千住の名倉本院は、江戸から二里八町、千住宿《しゆく》の北の外れにある。

鞍之介がいた当時はすでに、〝名倉〟の名が、打ち身や骨折と同じ意味になるほど江戸中に知れ渡っていた。

おかげで毎日、何百人もの故障者が、関東近郊から押し寄せたのである。従って本院では、正午の閉院時間や、たまの休暇など、あって無きがごとし。

患者はまさに千客万来だった。

武士や町人はもとより、今をときめく役者、相撲取りから、芸者や幇間《ほうかん》まで、さらに歌舞伎作者の鶴屋南北《つるやなんぼく》、絵師の葛飾北斎《かつしかほくさい》までが、親しく訪れたのである。

名倉家は、武州《ぶしゅう》秩父《ちちぶ》氏の流れを汲む畠山重忠《はたけやましげただ》の末裔《まつえい》だったが、戦乱に負けて千住まで落ちのび、その地に定住した。

以来、主家を持たず、武士の身分のまま農業に従事する郷士《ごうし》となった。一方で、一族が長く研鑽《けんさん》を積んだ武術を手離すことなく、人々に教えたのである。

鞍之介の父は、そうした武芸家だった。

千住に来てから四代めの〝名倉弥次兵衛直賢《やじべえなおかた》〟によく仕え、武術の師範を務めた。そのためか、父が若くして死ぬと、直賢はその残された遺族の面倒をよく見続けた。

おかげで鞍之介は、三歳から柔術、剣術に親しみ、長じては直賢が編み出した名倉流骨つぎ術を会得して、武術ともどもに免許皆伝したのである。

それから駒形に来るまで、しばらく直賢の代診をも務めた。

鞍之介を支える自信の源である。師直賢に厳しく鍛えられ、生死を前にした修羅場を幾つも踏んできた経験が、今の

「あら、何か面白いものでも見えまして」

と裾捌《すそさば》きもたおやかに膳を運んできたおかみが、外の薄闇をぼんやり見ている鞍之介に声をかけた。

「あ、いや、昏れる時は早いもんだね」

対岸をじっと見ていたつもりが、気がつくと、開け放した座敷の向こうにとっぷり闇がおりていて、いつの間にか町家の灯りが、岸に一列に並んでいたのだ。

柔らかな夜風に縁先の蚊やり火の煙が靡《なび》き、煙に消されていた川の匂いが、ふと鼻先をかすめた。

橋は……と見ればすでに暗い闇に呑まれ、今は涼み客らしい黒い影が三々五々、行き交っている。

お島はよくしなる白魚《しらうお》のような手で酌《しゃく》をし、

「今年の夏はいつまでも暑うございますねえ」

と言いつつ、団扇《うちわ》で涼しい風を送ってきた。

だが鞍之介は、適当に相槌《あいづち》を打ちつつ猪口《ちょこ》を重ねながら、何故かまだじっと橋を見ている。

そのうちつつと立ち上がるや、つかつかと縁側に出ていった。

そんな鞍之介の上《うわ》の空な様子に、

「よろしかったら、三味線でもいかがでしょうか？」

とお島は言った。

すると鞍之介は突然振り返って、得たりとばかり叫んだのだ。

「そ、それだ！　おかみ、縁側に出て三味線を弾いてくれないか」

「縁側で？」

「お得意の、〝とっちりとん〟がいい、早く！」

「え、とっちりとんを？」

お島は団扇を置いて、声を改めた。

「急にどうなされました」

「どうでもいいから、早く皆も呼んで、派手に頼みます」

「………」

お島は急いで縁側まで膝でにじり寄って行き、鞍之介の視線の先を辿って、一瞬で事態を了解したらしい。

「はっ、〝とっちりとん〟、ただいま参ります！」

と叫んで、床の間に立ててあった三味線を手にし、調律ももどかしげに縁側ににじり出た。

よく通る美しい声が、宵の口の大川に響き渡った。

〽夏の夕立それ稲妻が

そりゃこそガラガラぴっしゃりと

お臍《へそ》めがけて光りやす

雲の隙間を踏み抜いて

屋根や木の枝きらいなく

そこらあたりへ落っこちて

腰の骨をばぶん抜いて

大坂町の名倉でちょっとなおった

それはまさにこの文政《ぶんせい》の世で、大流行《はや》りしている俗謡《ぞくよう》だった。

歌詞の中に〝名倉〟の名が出てくるので、お島は得意曲としてよく唄っては、鞍之介を喜ばせていたのだ。

だが今、お島が三味線を弾き始めた時は、鞍之介は裸足で店を飛び出していた。

三

「な、何をする！」

男は、いきなり横合いからグイと腕を掴まれて、掠《かす》れ声を上げた。

とっさに振り払おうとしたが、長身の鞍之介の鋼《はがね》のような手に、しっかり手首を掴まれていた。

「早まっちゃいけませんよ！」

「何だって？」

四十前後だろうか。男は、向こう気強く言い返した。

「お武家さんは野暮天《やぼてん》ですかい！　わしはここで涼んでおっただけだ。すると、三味線の音が聞こえてきた。涼んで、三味線を聞いて、そのどこがいかんので？」

もっともだった。

たしかに男は、欄干《らんかん》に手はかけていたが、足をかけていたわけではなかった。

欄干に凭《もた》れて下を覗き込んでいただけで、どこにも怪しい仕草はなかったのだ。

だが人通りの少なくなった橋を行きつ戻りつし、誰か通りかかると、何気なさそうに川を覗き込むのを繰り返していたではないか。あれじゃ、身投げを怪しまれても仕方なかろう。

「そりゃどうも、野暮天で、すまんことです」

「分かりゃいいんですよ」

と手を振り払い、すれ違って行きそうな男を引き止めた。

「あんたはだいぶ酔っていなさる。こんな所で涼まん方がいいですよ。この欄干はあまり高くないから、身を乗り出せば落ちる危険があり、落ちたら上がれない」

「落ちようが落ちまいが、余計なお世話だ。通りすがりで、何が分かる！」

止めにきた鞍之介が、武士でもなさそうだと思ってか、急に態度が荒っぽくなり、江戸っ子らしい口の悪さをのぞかせた。

「あ、いや、それが結構分かるんですよ。手前は骨つぎ稼業なんでね」

男の手首を摑んだ時、その身体の状態が手に取るように分かった。

がっちりして腕の太い体つきから、職人らしいこと。だが頑強な見かけによらず、腕力がひどく衰えていること。

「あんたは、この二、三日、何も食べていませんね。触れた感じで分かる。腹に入ってるのは、酒だけだ。おまけに、何かいわく言い難い悪い夢に取り憑かれている」

「な、何でえ、その悪い夢たァ……」

「つまり、川に飛び込んで死にたいと」

「だったらどうした」

「私はどうもしませんよ。ただ、一つ言わせてもらえば、あんたは霧の中を歩いてるわけじゃない。私の目に留まった以上、誰かの目にも留まるはずだ。最近は取り締まりが厳しいんで、面倒が起こらんうちに、すみやかに退散されるがいい」

　その時、背後から近づいて来る足音がした。

　すると男はハッとしたように体を縮め、俄《にわか》に声を低めたのである。

「兄さん、一つ頼みてえことがある。わしはこれから飛び込むが、その前に、これでひと思いに刺してくれねえか。礼はする」

　哀願するように言うや、答えも聞かずに手にした匕首《あいくち》の鞘を払った。刃先を右手で自分の胸下に当て、左手で鞍之介の手に柄を持たせようとしたのだ。

「な、何をする！」

　今度は鞍之介が叫ぶ番だった。

「頼む、刺してくれ、飛び込んだらすぐに死にてえんだ」

「断る」

相手を押し返しながらきっぱり言った。

「私は人を助けるのが商売、人殺しは困る」

「これは殺しじゃねえ、人助けだ。兄さんは自分の身を守ったただけってことになるんだ」

と相手は、なお匕首を握らせようとする。

「自分の身を守るだけだって？　誰がそれを証言する？　あんたはこれから死んじまうんだろう」

言って匕首を取り上げようとするが、鑿《のみ》や鉋《かんな》に馴染んでいるらしいゴッゴツした男の手には、怪しむほどの頑固な力があった。衰弱した体のどこから出てくるのか。うっかりするとその力に導かれて、相手の胸を刺してしまいそうだった。

だが鞍之介は、長年、柔術で鍛えてきた武芸者でもある。

もともと骨つぎ術とは、そうした柔術の一部として、殺法《さっぽう》に対する活法《かっぽう》として発展してきたもの。だから治療場は、医術に従事しているというより、道場にでもいるようにカラリとして、いつも殺気立っているのだった。

暗い中で一瞬二人は揉み合ったが、鞍之介は手指に気合をこめ、ヤッとばかり振り払った。匕首はカタンと橋床に落ちた。

それをとっさに、足で遠くへ蹴った。

その時、カタカタと通行人らしい者が近寄ってくる足音がして、提灯《ちょうちん》のぼんやりした灯りが背後から足元を照らした。そこに浮かび上がったのは、鞍之介も忘れていた自分の裸足の足だった。

「せ、先生、大丈夫ですか！」

その若い声は通行人ではなく、竹ノ家の使い走りだった。

「おお、兵吉《へいきち》か、私は大丈夫だ」

「これ、おかみさんから……」

と差し出されたのは提灯と草履《ぞうり》だった。それを見て、強張《こわば》っていた頰がふっとゆるんだ。気がつくと三味線も唄も止んでいる。

（ありがてえ……）

履き物はいつも、自分が人間であることを思い出させる。

鞍之介はとっさに裸足の足裏を叩《はた》いて草履を履き、懐《ふところ》を探って小銭を摑んで兵吉に渡した。

「店には戻らんと、おかみに伝えてくれ」

気がつくと、男は欄干に凭れてしゃくり上げていた。どうやら厄介《やっかい》な事情があるらしく、男は狂気に取り憑かれていたようだ。

「おやじさん、東と西のどちらから来なさった？」

と橋の右と左を指して問うたが、相手は頭上の暗い闇を見上げ、当てずっぽうのように東に向かってよろよろ歩き出した。

「大丈夫ですか？」

「放っといてくれ。これから河童《かっぱ》に会いに行くぞ」

「何を言ってるんです、ちょっと待って……」

このまま行かせていいのか、と、鞍之介は不安に駆られた。

「これから近くの一膳飯屋に寄るんで、一杯付き合いませんか」

四

『めし屋』と赤い軒提灯の下がる店の暖簾《のれん》を割ると、時分どきの一波《いっぱ》は去ったらしく、客は少なかった。

一膳飯屋だが、江戸前の魚で銚子《ちょうし》を一本呑め、最後にうまい茶漬けが出るので、人気があった。銚子は一本五文《もん》でお代わり出来る。

鞍之介は入れ込みの端に上がって、黙って後についてきた男と向かい合う。

「旦那、今日の魚はスズキだよ。脂がのってうめえぞ」

馴染みの鞍之介と見て、亭主が自ら注文をとりにきた。

どうする、と向かいの男を見ると、何もいらないと言いたげに手を振った。その角張った顔に血の気はなく、赤く充血した目を隠すようにずっと伏せている。

「じゃ、任せてほしい。えーと、その焼き魚と、銚子一本、最後は茶漬けで……それを二人前たのむ」

亭主が去ると、男に向き直って言った。

「私は一色鞍之介。家が近くなんで、この辺の呑み屋は詳しいんです」

「わしは六蔵《ろくぞう》てえ者だ」

「もしかして本所で？」

え？　と相手は目を上げた。

「いえ、河童に会うなら、あの辺りかと」

「いや、本所の先の深川《ふかがわ》だ。『万屋《よろずや》』の六といや、ちと知られた指物《さしもの》大工だった」

「深川の万屋ですか……」

いつかどこかで、聞いたことがあるような気がした。

「家具屋だよ。店には腕っこきの職人が、何人もおった。親父から譲られたお店《たな》だが、それももうすぐ人手に渡る」

そんな聞き捨てならぬ言葉を聞くうち、銚子が運ばれてきた。鞍之介は二つの猪口に酒を注ぎながら、思い出そうとしていた。

「そう、十年近く前だったと思うけど、八幡様《はちまん》にお参りした帰り、あれは門前仲町《もんぜんなかちょう》じゃなかったかな、ぶらぶら店を覗いたことがありますよ」

「兄さん、いろいろ気ィ使ってくれて済まんな。一杯いいかね」

鞍之介が黙って酒を注ぐと、六蔵は猪口を額《ひたい》の辺りまで捧げてから、一気に啜《すす》りあげた。六蔵は、鞍之介が話のつぎ穂で言っていると思ったらしいが、お参りの帰りにあの辺りを歩いたのは事実だった。

「うーん、久々に酒が旨い、どうやらわしも娑婆《しゃば》に戻ったか」

「一体、どうしたんです?」

つい訊かずにいられなかった。

「なに、酒と博打《ばくち》でしくじって、何もかも失っちまった……、どこにでもある。バカ者の話だ。女房は倅《せがれ》を連れて、出て行っちまった。家には十三の娘が残って煮炊きしてくれてるが……」

当年四十二。やはり名のある指物師だった父と、深川の羽織《はおり》（芸者）だった母を見送り、父の遺した『万屋』を継いで、つい最近まで繁盛していたという。

才と運に恵まれ、若くして腕のいい指物師として知られ、店の間口も広げてきた。日本橋《にほんばし》の家具問屋『信濃屋《しなのや》』がその腕に惚れ込んで、資金を融通してくれたからである。

四十になるまで大きな病もなかった。

「ツイてたってことかな。ま、福を前借りしたみてえなもんよ。今さら思い残すことなんてねえんだ」

「へえ、親方は贅沢《ぜいたく》なお人だな」

鞍之介は何杯めかの酒をあおって、すかさず言った。

「六と呼んでくれ、わしはもう親方じゃねえんだ」

「じゃ、六さん。自分は早く父に死なれ、柔術と剣術で身を立てようと、道場通いばかりしてきた無粋者です。いつだって貧乏だったせいか、六さんみたいな人が羨ましい。ただ、不思議でならないのは、そんな文句のつけようもない境遇なのに、どうして博打に手を出したり、酒に溺れたりするんだろうと……」

自分がそうしようものなら、ただちに師匠からお叱りがあっただろう。自分にとって父親は、師匠だったのだ。

「おまけに、何かといえば死ぬ死ぬと。生きたくても生きられない人もいる……」

三十代初めで亡くなった父を思い出して言った。

「そりゃ人生いろいろあるさ。兄さんはまだ若い。わしだってあんたの年ごろは、頑張ってやってたよ。四十を迎えてからかな、死んでもいいやって気になったのは」

二本めを手酌で猪口に注ぎながら、六蔵は他人事《ひとごと》のように言う。

「体調……てか指の調子が悪くなり、仕事が出来なくなっちまったんだ。指がうまく動かなきゃ、指物師もお終《しめ》えだ。決まった物ばかり作ってるんじゃ、やり甲斐もねえしな」

と口を噤《つぐ》み、何かの思いに浸るようだった。

「ただ、わしに死にてえと思わせたのは、お節《せつ》……うちの娘だ」

「はあ、お節さん」

「こいつが何と、吉原《よしわら》の『角海老《かどえび》』に身売りするとか抜かしやがって。おとっつぁんさえ許してくれれば……とか何とか……」

と猪口をあおった。

「小娘のくせに馬鹿野郎、とわしは張り飛ばしたさ。どこのド阿呆《あほう》だ、そんなものを親孝行なんぞと言いやがる奴は。てめえがいい子になりてえだけよ。お節は、親の気持ちが分からんデクの棒だ」

「でも、六さん、何も殴らなくても」

鞍之介は運ばれてきた焼き魚を、ふうふう吹きながら口を挟んだ。

「失礼ながら、借金は幾らあるんで？」

「深川の家と、親父が残した家作を抵当に入れてるが、あと五十両はくだらん。死ぬ前に、何としてもその借金を返さにゃならん」

「返せるんなら、死ぬことないでしょう」

するると六蔵は頭を振った。

「わしは昔から仕事の手が空きゃ、賭場に出入りしておった。いっぱしの親方は皆、博打が強《つえ》えもんだ。わしも、いつかそんな親方になりてえと思って、知り合いの金貸しからよく借り、返してきたんだ。だが今は、何とか都合がつくのは一両もねえ……。知らねえうちに〝奴〟が後ろに立っちまった」

「奴って？」

「死神よ」

五

「平たく言や、ケチの付き始めてえこった」

不可解な顔をしている鞍之介に、六蔵は続けた。

「今まで一度も事故に遭ったことも、医者に罹《かか》ったこともねえこのわしが、事故に遭ったんだよ」

二年前のある夕方のこと。考え事をしながら日本橋の大通りを歩いていて、荷馬車を引いた馬が暴走して来たことに、気がつかなかった。

六蔵は足を蹴られ、手酷く飛ばされて、道に叩きつけられた。九死に一生を得たと皆に言われた。

「頭を打って死んでも不思議はなかったが、右足首と右手首を痛めただけで済んだ。軽い怪我だったから、その時は深く考えもしなかった、それがケチの付き始めだった……」

と遠くを見る眼差しで、何杯めかの猪口を呑み干した。

「その時は、手先がちょいと痛んだだけ……手が痺《しび》れるように感じただけだが、町医者を二、三軒回った」

「骨つぎでなく？」

「いや、最初は骨つぎだったんだが、何でもないと言われた」

「ほう。で、どうなりました？」

「痛みはなくなったが、右の指先が思うように動かなくなっちまって。そんで、町医者にかかったんだ」

だが町医者には、気のせいと言われた。

「不調の時は誰にもある。そんな時はいったん休んで、荒削りに仕上げるみやげ物を作って凌《しの》ぐことだ」

と年配の職人は言ってくれたが、六蔵はそんな意見に耳も貸さない。

普通の規格品を作っても、カンナも毛引きも鑿も放り出した。

我慢ならずに、ほんの紙一枚の差で、納得いく作品には仕上がらない。

博打にのめり込むようになったのは、それからだった。

だが気が弾まないため、こちらでも負けが込んだ。すってんてんに身ぐるみはぎ取られ、半纏《はんてん》ひとつで家に帰るような日が続いた。

「日が経つにつれ、わしに突進して来る馬の顔が目に浮かんでならなくなった。それが死神の顔だ」

四十になるまで運を与えたから、これからは貸しを返せ、と死神に迫られているような気がした。

「なまじ生き残っちまって、悪運強いと皆に言われたが、なに、運に見放されたのさ」

「なるほど」

呑んだ銚子はすでに十本を超えていた。そろそろ茶漬けに進みたかったが、訊きたいことはまだある。

「しかしどうも、よく分からんです。私に言わせりゃ、六さんのやることは滅茶苦茶だ。本気で死ぬ気だったら、何故さっき、まだ涼み客がうろつく宵の口なんぞを選んだんで？　もっと遅い方が、邪魔が入らないんじゃないですかね」

「…………」

「それに、死ぬ前に借金を返そうとしている六さんが、まだ返さないうちに、なぜ死のうと……？　それも自分で自分の胸を刺さず、私にやらせようとするとは。その方が確実に死ねると思ったのかな」

六蔵は猪口を置いて太い眉を寄せ、充血した酔眼《すいがん》を据《す》えた。

「兄さん、あんた何の仕事をしていなさる？」

「は？」

偉そうに説教して不興をかったかと、思わず相手の顔を見返した。

「すいません、さっきも言った通り、ただの骨つぎです」

「いや、あまりビシビシ問い詰めるんで、てっきり岡っ引かと」

「とんでもない、そこの駒形の名倉堂ですよ」

「………」

じっと睨みつけていた六蔵は、一瞬で声を上げ笑いだした。

「あんただから話すが、これはご内聞に願いますよ」

ようやく警戒心を解いた六蔵は、砕けた口調になった。

「わしはいずれ死ぬが、すぐに死ぬわけにゃいかんのだ。あの時間に橋をうろついたのは、それなりのリッパな理由があった」

この期《ご》に及んで、金を都合してくれる相手がいない。

店が破産寸前とは極秘にしていたが、これまで頼りにしてきた日本橋の信濃屋は、すでに察知していた。

今まで何かと融通してくれた金貸しや親戚も、家が抵当に入ったという噂に、たちまち門戸を閉ざした。

だが六蔵には、一つだけ頼れるものがあった。深川・本所の材木問屋、家具問屋で作る〝頼母子講《たのもしこう》〟である。

これは父の代から続いていて、父の死後、父の代わりに入ったものだ。

十二人の富商で結成し、毎月一回集まって、一人五両というやや高額な掛金を支払う。誰もが十二回に一回、当選（受け取り）の機会がある。

一度にまとまった額を受け取れば、大きな取引に流用出来る。そのため皆は、貯蓄と情報交換の場と心得えて集まり、小遣い銭を掛けていた。

六蔵の番はまだ回って来ておらず、その機会が残されている。

番は一度受け取った人を除いてクジで厳正に決められるから、いつ当たるか予測出来ず、急場の役には立たないが、一つだけ裏道があった。

本人が〝死亡した時〟だ。

六

本人が死んだ時、その直近の会で、払い込んだ全額が遺族に戻る。

ただそれが可能なのは、病死か事故死だけ。〝自死〟は認められないが、他殺であれば事故死になる。

「つまり殺されればいいんだよ。他人の手で死ねば六十両が入り、借金は返せる。最後の一手だ。そう思わんか？」

「なるほど、最後の一手ねえ。しかし……」

鞍之介は思案顔になった。

「六さんが事故で死んだと証明するには、協力者が必要ですよ」

「その通り。だが自分を他人に殺させ、自死じゃねえと誰かに証言させるのは、そう難しいことじゃねえ。そう、町人がお侍にいちゃもんつけりゃ、たちまち一刀両断で首が飛ぶさ。あれは事故死だ」

「しかし、注文通りに一刀両断してくれりゃいいが」

鞍之介が引き取った。

「骨つぎの目で見る限り、急所は大抵外れるもんでね。誰もが武蔵《むさし》や卜伝《ぼくでん》じゃない。やられた方は、半死半生で生き残る例が多い。だがそれじゃ、金は出ない」

「若いねえ、あんた。何も実際にやらなくても、そう見せかければいいんだよ」

「…………」

「殺しの現場を見た者が、こちらに都合のいい証言をするよう、あらかじめ仕掛けりゃいい。斬られた当人は、そのまま川に飛び込んで死ねばいい」

六蔵は考え抜いたらしく、憑かれたようにまくしたてた。

「わしは橋の欄干に凭れて、川を見ておる。そこへお侍が通りかかる。わしはうっかりよろけて、お侍にぶつかる。これは、血の気の多いヤクザ者の方がいいんだが。そこで喧嘩をふっかけ、相手が刃物を抜くように仕向け、逃げようとして川に飛び込む……それが、事故死を装って死ぬってことだ」

「とすれば、事故を証言する〝目撃者〟が必要だ」

「問題はそこだ。わしは、あんたにそれを頼みたかったんだよ。あんたなら、機を見て敏《びん》の証言をしてくれよう。どうだ、これからでもいい、やってくれる気はねえかな。謝礼ははずむぞ」

鞍之介は呆れたように相手を見返した。

「私が六さんに売られた喧嘩を買い、匕首を逆手にとって突きかかる？　六さんは川へ飛び込んで即死し、死体が上がってから私が証言する、これは事故死だと……」

「そうそう。その結果、刺したあんたは自分の身を守ったに過ぎず無罪となる」

「しかし、実際はそうはならなかったですよね。それどころか私は、下手人《げしゅにん》になるところだった。そんな話は夢の中の寝言だ、まっぴら御免です」

すると六蔵は座布団を外《はず》し、ガバと板の間に手をついて土下座した。

「すまない、あの時は動転しちまって、手順が狂ったんだ。あらかじめ打ち合わせれば……」

「やめてくださいよ」

鞍之介は周囲の目を考え、慌てて相手を席に戻した。

「勉強にはなったけど、もうそんなはた迷惑な計画は、やめてもらいたい。やるなら一人でやってほしい」

「いや、実はこれまで二回試したが、いずれも失敗してひどいめに遭った。協力者がいなかったんだ。だがあんたの協力があれば」

「そりゃ、協力者がいれば、必ず成功しますよ。しかしその結果、本人が死んじまうんじゃつまらない」

「本人が死なないで金を得る方法は、ないですか？　まずは頼母子講に当たった人から借りる算段をすることだが……」

「………」

（これで良かったのか）

六蔵と別れた鞍之介は、あれこれと考えながら、大川橋をゆっくりと戻った。夜空には、満月に近い月がかかっていた。

微風ながら川風が渡って橋上は涼しいが、橋から下りると雷門《かみなりもん》に通じる広小路《ひろこうじ》には、まだ蒸し暑さが揺蕩《たゆた》っていた。

橋詰の右に見える花川戸《はなかわど》の呑み屋通りも、左に見える駒形町の通りにも、今なお酔客《すいきやく》がうろついている。

だが両方を横目で見てゆっくり通り過ぎ、広小路を少し進んで、左の路地に折れる。

そこは暗くて人通りは途絶え、町家が黒々と軒を並べていた。

六蔵の身勝手な〝自死計画〟には、ぶん殴ってやりたいほど腹が立ったが、一抹《いちまつ》の同情を覚えずにはいられない。

あの六蔵は、富裕な家具屋に生まれ、何不自由なく育ったようだ。才に恵まれていたが、その分だけ癇《かん》も立っていて、気に入らなければ怒鳴り散らすような我儘な男であろう。

　だがどこか憎めず、弟子からは慕われていたのではないか。

　父親として、口では娘をデクの棒呼ばわりしているが、実はその健気《けなげ》な娘に迷惑かけまいと、孤軍奮闘してはいる。だがすればするほど、破滅のぬかるみに踏み込んでいくのが目に見えた。

「私が力になってあげられたらいいんだが、恥ずかしながら、私にも名倉堂にも、金というものに縁はない」

　鞍之介は、別れる前にはっきりそう言った。

　これは嘘ではない。名倉堂は繁盛してはいたが、なぜか毎月、赤字だった。鞍之介は金銭感覚に乏しくて気前がよく、経営の才がない。

「ああ、六さん、これから深川まで帰るのは大変だから、今夜はうちに来ませんか？」

　だが相手は首を振り、家には娘が待っているからと断った。

「じゃ一つ、約束してくれますか。明日にも名倉堂《うち》へ来てほしい。一度診させてもらいたいんです。自分に出来るのはそれだけだ」

「…………」

六蔵はまじまじと見返して、承諾した。

それはいい、と何度も頷きながら闇の中へと消えていった六蔵を思うと、何がなし後悔が湧き上がる。

相手を安心させたい一心で、えらいことを引き受けてしまったと。

七

シンと静まった名倉堂の玄関を回り込み、勝手口の戸に手をかけた。

その途端、中から声がした。

「お帰りなさい」

戸が中からカラカラ開いた。

土間に溜まった闇に蚊やり火の匂いが漂っており、そこに誰かが立っている。二十歳になったばかりの助手、寸ノ吉《すのきち》である。

主家に住み込み、家賃代わりに骨つぎを手伝いながら仕事を覚え、やがて名倉流骨つぎ術の免許皆伝となり、独り立ちしていく前途ある若者だ。

だから自分が呑んで帰るまで起きていて、出迎えたりする必要はない。鞍之介は何度もそう言っているが、生真面目で融通が利かないせいか、相変わらず迎えに出てくるのだ。

仕方がないと諦めて、廊下を伝いながら、

「ああ、ただいま」

「母上は？」

といつも通りの挨拶をする。

「はい、先ほど寝《やす》まれました」

「みおは？」

「早めに部屋に引き取られたから、もう寝んだと思います」

こんなお定まりのやりとりをするうち、自分の部屋の前に来る。

「寸ノさんももう寝め、朝が早いんだから」

「はい。ただ……また氷川《ひかわ》の奴らが来ましたよ」

「え、氷川堂が？」

それはこの対岸の本所で、古くから勢力を張っている接骨院である。

もともと骨つぎ術は、中国拳法の流れを汲む柔術から誕生したもので、初め長崎《ながさき》に伝わり、それから幾つかの流派が生まれた。

大坂では、年梅作左衛門《ねんばいさくざえもん》という武人が〝年梅流正骨術〟を起こした。

江戸では、名倉直賢が〝名倉堂正骨術〟編み出している。

かの氷川堂は、大坂発祥の年梅流から分かれた氷川龍庵《りゅうあん》なる武人が、〝氷川流〟を江戸に広めてきたらしい。

名倉堂が駒形に開業する前から、対岸の本所中ノ郷《なかごう》に院を構えていた。大坂から乗り込んで来ただけあって、龍庵は経営の才もあり、本所では随一の骨つぎとして、その名を響かせていた。

ところが駒形に今をときめく名倉が乗り込んできたため、客足を奪われ、氷川堂に閑古鳥《かんこどり》が鳴いていると言われ、あらぬ火花が散った。

そのことで逆恨みした氷川の助手らが、名倉堂を中傷する噂を触れ回った。本所界隈で押し込みや殺傷事件が起こると、名倉堂の者が関係したような根も葉もない噂を流して、信用を貶《おとし》めたこともある。

いずれ下っ端《ぱ》の仕組んだことと鞍之介は見てとり、相手にせぬよう、皆に徹底させていたのである。

「ふーむ、で、今日は何だ？」

「ネズミですよ」

「ねずみ？」

この庭にいつからか棲みついていた白黒ぶちの野良猫が、十日ほど前に、急に姿が見えなくなった。皆で可愛がっていたので、助手の寸ノ吉と文平《ぶんぺい》が探していた。

その噂が対岸に広まったか、わざわざご注進に及んだ者がいたのか、翌日になって、氷川堂の助手で、相撲人《すもうびと》崩れの通称雷《いかずち》が、猫を捕獲して籠の中に入れて連れて来たという。

「おたくの猫が昨夕、この氷川堂の台所に入り込んで、配膳台に並べておいた夕食用の焼き魚を数匹食って逃げた」

それを聞いた鞍之介は、大笑した。

「誰かその現場を見た者がいるのかね？　いたら、ぜひその者の話を聞かせてくれ」

すると雷は首を振った。

「猫が台所をうろついてるのを、このわいが見たっす」

「であれば、人通りの多いそこの橋を、あの猫がのそのそ渡って行ったんだ。ああ、先に断っておくが、あれは野良で、うちの飼い猫じゃないぞ。家に入れてやりたくても、野性が強くて入ってこない。野性とは、臆病ってことだ。外を駕籠《かご》屋が走っていくだけで、庭に逃げ込んでくる。餌は、ネズミしか食わん。焼き魚を鼻先に出しても、手を出さん猫が、おたくの台所まで遠征し、大暴れしたとしたら、こりゃ面白い。それを証拠だてでくれれば、やつに食われた魚の代金を、倍返ししてもいいぞ」

ときっぱりはねつけた。

それからしばらく経った今日、また雷がやって来て、

「猫の餌を持ってきてやったっす」

とどこで集めたか十匹ほどのネズミを袋に詰めて来て、庭に放したと。

「どこまで阿呆なやつだ、放っとけ！」

鞍之介はそう言い捨てて、書斎に入ってしまった。

氷川ほどの先達《せんだつ》が、自分のような新米骨つぎの進出を妬んで、弟子どもの悪さを放任するようでは、お里が知れる。

洗顔を済ませると、寝巻きに着替えもせず、敷かれていた布団に大の字でごろりと寝転んだ。あの六蔵親方の顔が浮かんだ。

（あの親方に、希望を持たせるような約束をしてしまった）

川の流れる音を聞きながら、後悔が膨らんでいく。

あの六蔵を取り巻く〝八方塞がり〟から脱出する道など、世間知らずの貧乏骨つぎ

師には、見当もつかない。

この三年間で二、三度、金を借りた友人や、金貸しの顔が浮かんでは消える。

あれこれ思ううちに夜は更けていった。ギイギイと舟を操る櫓の音が、枕の下から聞こえるほど近付いて、通り過ぎていく。

だがいつか酒が回ってきて、やがて大きな鼾《いびき》をかいていた。

八

名倉堂の朝は早かった。

玄関が開くのは五つ半（午前九時）だが、家中の者は鶏の声と共に起きだして、作業場に集まる。この日に使う薬を皆で作るのである。

これは鞍之介が本院にいたころ身につけた習慣で、『黒膏《くろこう》』という秘薬の製造に、全員総出で取り掛かる決まりだった。

黒膏はニワトコを臼《うす》で挽《ひ》いて粉状にしたものと、オウバクの粉を酒で練って作る貼り薬で、師直賢が薬学を学んで生み出した、秘伝中の秘伝薬である。

昨日の残りは決して使わないし、明日のために作り置きもせず、一日限りですべて消費する。

この同じ場で、今日に必要な名倉流あて木（副木《そえぎ》と包帯）も、同時に作るため、てんてこ舞いの忙しさだった。

鞍之介自身も先陣を切って早起きし、この家に寄宿する見習、門番兼雑用係、そして権助《ごんすけ》と呼ばれる下男らと共に、手分けして、短時間で作りあげるのだ。

それが終わると、台所の板の間に勢揃いして朝食である。

朝食だけは、料理が得意の母が、手作りして供した。麦飯、味噌汁、魚の干物、お新香……の一汁一菜《いちじゆういつさい》だが、味噌汁が美味く、毎朝お代わりが殺到した。

それから一服《いつぷく》して、皆は仕事着に着替え、玄関を開ける。

時間より少し早めに玄関を開けると、玄関前の四阿《あずまや》に、今日も番を待つ客が大勢群がっていた。


「おっ、あんたは……」

三番めの番号札で名を呼ばれ、目前に現れた客を見て、思わず鞍之介は目をむいた。

前夜別れたばかりの、六蔵ではないか。

まさかこんなに早く来るとは思ってもみなかった。

「六蔵です、昨夜はどうも……」

とペコリと頭を下げて名乗った男は、昨夜とは別人の感じがした。

橋上もめし屋も薄暗くて、よく顔が見えなかったのだが、明るい日のもとで見ると、なかなかの男前だった。

角張った顔は浅黒く、眉は太くて濃く、厚めの唇は引き締まり、顎の下に蓄えた髭《ひげ》は短く刈り込まれている。その小ざっぱりした風貌に、生成色《きなりいろ》の作務衣《さむえ》がよく似合う。

死にたがりの小心な男と思っていたが、そのなかなかの男ぶりに、鞍之介は驚いた。

もっとも物に憑かれたような、寝不足の、血走って、落ち着きのない眼を別にすればだが。

しかし鞍之介の驚きの中には、安堵があった。昨夜はちゃんと、娘の待つ自宅へ帰ったのである。

「よく来てくれた。こういうことは早ければ早い方がいい」

「よろしく頼みます」

六蔵は目を伏せて言った。昨夜とは打って変わって神妙で、深く頭を下げた様子からは、昨夜の乱行は想像もつかない。

鞍之介はすぐにそばの敷物に六蔵を仰向けに寝かせて、一年前に痛めたという右足を、慎重に指で探っていった。

だが異常は特に感じられず、足は完治しているようだ。

次に、やはりその時に痛めた右腕付近の上肢骨《じょうしこつ》を、肩甲《けんこう》骨、鎖《さ》骨、上腕《じょうわん》骨……と脊柱《せきちゅう》に沿って、順繰りにゆっくり探っていく。さらに右掌を広げさせ、何度も指の屈伸を試みた。

続いてうつ伏せにして、また同じく丁寧に触診し、最後に正座させて背骨の具合を探る。

六蔵を席に戻し、横の小机に置かれた帳面に何か書き入れながら、しばし考え込んでから、鞍之介は言った。

「うむ、怪我は治ってますが、ただどうも、肩の骨に何か違和感がありますね。脱《だっ》臼《きゅう》とは違います、内側の関節がうまく嵌《は》まっていないようで……」

三歳から柔術を習わされ、自らも何度か肩や腕関節の脱臼を繰り返したせいもあろう。鞍之介の指にはその手触りで、体奥を透視するような、人とは違った力が備わっていた。

〝魔法の指〟とも囁かれた。

師直賢は、〝魔法〟などと言うのをひどく嫌った。

しかし実際その指は、体の中をよく見透したのである。

六蔵の肩の関節部分は、微妙な角度でずれていて、運動機能を支える上腕の内側が、固まってしまっていた。それが原因で、運動指令が手指の先までいかないのではないか。

今はそう分かりやすく、本人に説明して聞かせた。

「……てえことは、最初に診てもらった骨つぎの、診たて違いだと？」

と六蔵は充血した眼を光らせた。

「うーん、言ってみればそういうことになりますか。その時点できちんと処置していたなら……」

と鞍之介は首を傾《かし》げ、低声で答えた。

「六さんは少なくとも、死神に会わずにすんだでしょう」

技量不足による誤診か、うっかり見落としたか、即座には言えない。罹ったのが、金創の町医者だったら大いにあり得ることだろう。しかし専門の骨つぎが、これを見逃してはいけないのだ。

「ちなみにどこの骨つぎですかね」

「ええ、本所の氷川堂でして」

「…………」

やっぱり……と口にしそうになった。

本所には他にも骨つぎはあるが、最も有力なのは氷川堂なのだ。しかし氷川堂がそんな誤診をするだろうか。龍庵先生が直接診たのかどうか、訊いてみたかった。

「そ、それは……治るんですか」

六蔵はさすがに不安げに問うた。

「〝名倉なら治る〟という言葉、ご存じでしょう？」

治療場でムダ話はしない鞍之介が、今は励ましのつもりで、

「親方の指は私が預かりました。これから少し通っていただきたい」

と、やや強く言った。

すると六蔵の太い眉が、ピクッと動いた。のんびり通う暇なんぞあるもんか、と言われたように鞍之介は解釈し、

「ただ、一つ確認したいことがあるんで、ちょっと……」

とおもむろに立ち上がり、隣の処置室に六蔵を連れ込むと、押し殺した低い声で矢継ぎ早に言った。

「いいですか、ゆめゆめ馬鹿な真似はなさらんよう。今後は私に、従ってほしい。そ

れと、講に必ず出てくださいよ。そうそう、次の講は一体いつなんです？」

「ええ、たしか明明後日《しあさって》の夜だったと」

「というと三日後ですか？　返済期限はいつです？」

「明日の、暮六つでして」

「な、なんだって、明日の？」

　鞍之介は血の気が引いて、思わず叫んだ。

「返済は明日で、講が三日後の夜だって？」

「あ、いや……」

「そんな大事なことを、なぜ早く言わんのですか！」

　まさか期限がここまで切迫しているとは。今まで、自分がそこまで関与するとは思っていなかったため、肝心なことを確認しなかったのだ。

「明日までに五十両、集めるつもりだったんですか！」

「だから、あの一手が出来上がったんでね。結局わしが先に死ななきゃ、話が進まん……」

「まだ言いますか。どうしてもやりたければ、勝手におやりなさい。私はこれで降りる」

と叱咤《しった》した時、玄関の方が騒がしくなり、先生、一色先生……と大声で呼ばわる、寸ノ吉の声がした。

「おう、どうした？」

「怪我人がただ今、大八車で運ばれました。屋根を葺《ふ》いていた大工が、屋根から落ちたそうで」

「よし、すぐ行く」

言って鞍之介は、六蔵を出口の方へとぐいぐい導いた。

六蔵はすべてを承知の上で、あの計画に辿り着いたのだ。

「六さん、返済金についちゃ何とか考えてみるから、明日また必ず、この時間に来てくださいよ。もちろん生きた姿でね。ああ、治療代は頂きません」

と相手の耳に刻みつけるように言って、急ぎ足で戻って行った。

ちなみに名倉本院では、鳶《とび》の衆（火消し）、相撲取り、役者、芸者、幇間……からは治療費を取っていない。

〝身を呈して人を喜ばす稼業の人から金を貰ってはいけない〟というのが、直賢の生み出した名倉家の家訓である。

鞍之介はそれに加えて、貧者からもお代を貰わない。よく繁盛しても火の車なのは、そんな事情もあったのだ。

九

その午後遅く、鞍之介は腕組みをし考え事をしながら、暑い午後の陽に晒《さら》された大川橋を渡っていた。

今日も太陽が照りつける暑さのせいか、涼しい午前に患者が集中し、いつもの火事場騒ぎだったが、午後はがらんとしていた。

鞍之介は陽が傾き始めるのを待って治療場を抜け出し、外出着に着替えて家を出た。

初めは、竹ノ家に寄って、昨日の礼を言おうと思ったが、少し歩き出すうち、頭に閃《ひらめ》くことがあって、そのまま橋に向かった。

閃いたのは千住行きである。

もちろんどんなことであれ、師匠に頼るのは禁じ手だった。これまで本院から独立して以来、金銭面の援助を申し出たことは一度もないのだ。

というのも独立に際しては、師に大反対されて大いに揉め、今後いっさい面倒はかけないと言い置いて、千住を出たのである。

しかし……。もう時間がないと知った時、降って湧いたように師匠の顔が浮かんだ。他の接骨院に起因したこととはいえ、患者に及んだ被害は、他人事とは思えない。治療面でいま頼れるのは師匠しかいない。経済面でも、大迷惑を掛けることにはならない確信があった。

六蔵には、あと二回の講が残っている。今回当たれば、借りた金は数日で返せるし、次回になっても一か月と少々で返せる。すなわち、金は借りてもすぐに返せるのである。

師匠は、他人のために労を厭《いと》わぬ篤志家《とくしか》でもあるから、この事情を話せば、分かってくれるのではないか、と思った。

ただ師匠を摑えるには、まだ時間が少し早い。たぶん夕方までは、老骨《ろうこつ》に鞭うって、治療場に出ていると思われる。

その前に大川橋を渡って、これまで一度も見たことのない氷川堂を、見てみる気になったのだ。

龍庵は五のつく日、診療が終わってから、床に伏す在宅患者を駕籠で往診するそうで、その費用は取らないと聞く。

用心棒や薬箱持ちを後に従えて行くので、〝龍の大名行列〟と地元では言われていた。顔見知りはあの雷だけだから、散歩を装って遠くからその行列を見るのも一興《いっきょう》かと思った。

浅草方向に向かう人々の波に逆らって橋を渡り、細川《ほそかわ》様のお屋敷の塀に沿って東へ進む。通りを少し行けば、左は瓦町《かわらまち》で、一日中瓦を焼く煙が上がっている。

その通りから少し右に引っ込んだ横道の突き当たりに、広い緑地を大きく使って、氷川堂が建っていた。

木々に囲まれたどっしりした屋敷で、駒形名倉堂とは比ぶべくもない。この通りをもっと東へ進めば、大横川《おおよこがわ》をまたぐ業平橋《なりひらばし》。その先には風光明媚な柳島《やなぎしま》が広がっている。

氷川堂の大きな冠木門《かぶきもん》を、患者らしい人々が出入りしていた。

門柱に掲げられた堂々たる『氷川堂』の看板に見入っていると、玄関先が賑やかになった。はっとして少し離れて見ていると、どうやら、駕籠が横付けになっている。

大名行列か？　と見るうち玄関から出てきたのは、恰幅《かっぷく》のいい男である。黒々とした総髪を髪油でなでつけ、大柄でがっちりした体軀に白小袖と白袴を纏《まと》い、涼しげな黒い絽《ろ》の十徳《じっとく》を羽織っていた。

その押し出しの良さと威厳からして、これが龍庵に違いない。

見送りに出てきた人々の端に、あの雷の巨体が見える。

鞍之介は木陰に身を隠し、行列が通り過ぎていくのを、見送った。

鞍之介は大川橋まで戻り、橋の袂《たもと》にある船着場の石段を下りた。

「や、先生、これから千住かね？」

とそこで綱をいじっていた船宿の主人徳次《とくじ》が、日焼けした顔を上げた。三十代後半の屈強な男で、鞍之介とは気心知れた付き合いである。

「そうしたいが、今日は相客《あいきやく》がいないようだな」

「いや、乗んなせえ。千住大橋なら、帰り客がある」

言いながら周囲をチラリと見回して、低く言った。

「早く早く、雷が来ますぜ」

鞍之介は後も見ずに伝馬船《てんません》に乗り込み、出してくれの合図に船端を叩いた。得たりや応とばかり、船がスイと動き始める。

それと同時に、雷の叫ぶ声が聞こえた。

「おーい、戻せ、戻せ……」

だが対岸へ渡らなければならぬ徳次は、上流から下ってくる船に気を取られているフリをして、櫓を操った。

　雷は、船頭仲間には評判が悪い。二人分の席を取るのに一人分しか払わない。混んでいても二人分の席を譲らない等々……。

　波立つ川面をじっと見つめていた鞍之介は、船が無事に川を横切って上流へ向かい始めて、やっと口を開いた。

「今、氷川の行列見てきたけど、いや豪勢なもんだね」

「なに、ありゃァ、氷川堂の宣伝なんでさ。氷川の旦那はあれで、町の人に人気があるんだよ」

　だが千住の師匠は何の宣伝もしなかった、と鞍之介は思う。門柱に下げた看板一つで、あれだけの患者が集まって来たのだと。

「まあ、あれだけ派手にやってるんなら、うちみたいな貧乏骨つぎを、虐《いじ》めることはないと思うがな」

「また何かあったかね」

　鞍之介は、昨夜聞いたあのネズミの話をした。

　すると徳次は、アハハ……と笑い出した。

「雷のやりそうなこった。ずうたいでけェくせに、やることたァ小せえんだ」

鞍之介が千住行きを本気で決意したのは、実はほんの今しがた、あの行列を見てからである。

あの行列を見て思ったのだ。六蔵の人生のケチの付き始めは、馬の事故ではない、氷川堂の誤診だと。その些細な見落としが、有能な一人の指物師を、奈落《ならく》の底へ追いやったのだと。

あの治療に関して、すべての責任は氷川堂にあるはずだ。だが六蔵を診た者は六蔵のことなど覚えてもおらず、思い出しもしないだろう。

六蔵の返済期限も迫っており、この際、師の助力を仰ぐしか方法はない、と改めて思う。治療に成功すれば、六蔵は必ずや立ち直って、仕事を再開するはずだ。

だから六蔵の人生を立て直すのには、この千住詣《もう》でが最後の一手なのだと、鞍之介は考えるのだった。

十

千住大橋で船を降りた時、まだ明るい東の空に、白い満月がおぼろに昇りつつあった。

名倉本院は千住の北の外れにあり、千住宿の旅籠《はたご》が並ぶ下妻《しもつま》街道を、北に向かってしばらく歩く。

松の木が枝を差し伸べる黒門の前に立った時は、さすがに夕闇が漂っていた。『名倉堂接骨院』の看板を横目に見て、門をくぐると、さすがに今日の治療を終了したようで、庭に人けはなく、裏庭の湯殿《ゆどの》の辺りで水の音と人声がしている。

顔見知りの老玄関番と立ち話していると、少年の弾んだ声がした。

「鞍さん、来たの？」

と声をかけてきたのは直賢の孫、すなわち長男の次男で、まだ前髪立ちが愛らしい市蔵《いちぞう》だった。

「やあ、市坊か、おジジ様は？」

と訊くと、裏庭の井戸端の方を指さした。

直賢は、湯舟にのんびり浸かるより、庭に出した盥《たらい》の陽なた水で行水《ぎょうずい》するのを好んでいたのだ。

「ねえ、今夜泊まるんでしょ？」

市蔵にそう言われて首を振ると、がっかりしたようにアカンベエをして駆け去っていく。

その方向にある台所辺りからざわめきが聞こえ、その中に女の子の笑声も混じっている。たぶん十三、四になる、市蔵の姉だろう。

師匠は三人の男児に恵まれながら、次男を亡くし、長男に背《そむ》かれた。その兄と折り合いの悪かった三男知重《ともしげ》は、今は逃げるように家を出て、日本橋元大坂町に分院を構えている。

今、師匠の膝下《ひざもと》では、あの市蔵の兄勝介《かつすけ》が十七歳になっており、骨つぎとしてすでにいっぱしの腕前と評判も高く、高齢の祖父を手伝っているのだった。

鞍之介はこの家族によく親しんでいたが、このように名倉家は親子兄弟の関係が複雑で、他人にはよく分からぬことが多い。

廊下で少し待って井戸に近づいてみると、上半身裸の直賢が、手拭いで肌を拭いているのが茂み越しに見えた。

思わず見とれた。師匠は今年で、七十八になるはずだった。

その上半身はさすがに骨張っているが、骨格ががっしりしており、肩や腕には筋肉が盛り上がり、五十代くらいにしか見えない。

それにこの時間に、行水で汗を流しているところを見ると、朝から第一線で診療を続けていたのだろう。

そう思って見ていると、張りのある声が飛んできた。

「誰じゃ、そんな所に潜《ひそ》んでおるのは」

「あっ、すみません、駒形の鞍之介です。ご無沙汰しております」

と茂み越しに言った。

「今は間《ま》が悪いんで、後で部屋の方へ伺おうと思ってたんですが……」

「よろし、よろし。蚊に刺されんうちに、出て来て顔を見せよ」

そのいつもと変わらぬざっくばらんさが、鞍之介の身に沁みた。

師との関係は以前から、そう和気あいあいではなかったのだ。

師はこの弟子を評価し、弟子も師を敬慕《けいぼ》していたのに、何故いつもすれ違っていたのか、未だに鞍之介はよく分からない。

一つには鞍之介の指の異能ぶりをどう解釈するかで、二人が相容れなかったのはたしかだ。直賢は自ら編み出した骨つぎ術に、超能力的な要素を認めず、あくまで名倉流と定めた技能の中で、評価する姿勢を貫いた。むろんこの弟子の異能ぶりは認めたが、どこかそれを、生まれ持って備わった能力とみていたようだ。

鞍之介には、それは幼少のころから鍛えて手に入れた力とは思えず、微妙に師匠とすれ違った。

　特に鞍之介が解せなかったのは、千住名倉堂からの独立を望んだ時、直賢は反対し、独立するなら破門だとまで言われたことだ。結局、鞍之介は独立し、師は名倉の名前を許してくれたのだから、破門は免《まぬが》れたのだが。そんなギクシャクした経緯がありながら、この師弟の間には怨恨《えんこん》めいたものはいっさいないのである。

　頭を掻きながら側へ歩み寄ると、

「どうだ、わしもいい具合に、乾し上がっただろう」

　と直賢は骨張った胸を叩いてみせた。

「いいえ、お元気そうで何よりです。今日も診療されたんで？」

「当たり前じゃ。わしがやらんで誰がやる。患者を診るのが、わしの元気のもとよ。お前こそ仕事はどうだ？」

「はい、おかげ様で忙しくしておりますが、いつまでたっても貧乏暇なしでして」

「それは結構。貧乏しておれば、励みになろう。今夜は泊まって行くのか？」

「いえ、明日が早いんで、早めに失礼します」

　父親が家にはいない市蔵と同じで、この師匠も、鞍之介が泊まると喜んでくれる。だが今日はセッパ詰まった問題を抱えているため、奥向きには挨拶せず、要件を済ますと退散するつもりでいた。

「そうか、今夜は月見の宴があるんだがな」

ああ、そうか、と思った。

急に庭ですだく虫の音が、耳に入ってきた。

「ま、とりあえず奥で一杯やろう」

直賢は手早く涼しげな浴衣《ゆかた》に手を通し、帯をしめた。

「今、わしの部屋に膳を用意させるから、先に行って待っておれ」

直賢の部屋では、すでに行燈《あんどん》の種火が灯っていた。

ここはかつて、弟子たちの勝手知ったる呑み部屋で、よく何人もでこの師匠を囲んで、呑み明かしたものだった。

明和《めいわ》七年（一七七〇）、この地に開業した『名倉堂接骨院』は、日本で初の接骨院だった。

その二年後、目黒行人坂《めぐろぎょうにんざか》の大火が千住まで及び、直賢は生死を忘れ、負傷者の救助にあたった。その功が江戸中に知れ渡った。

名倉の名は売れに売れ、今や徳川田安《たやす》家に出入りを許されるほど。接骨院は手入れされて堂々としていたが、この部屋ばかりは以前と同様古ぼけて、一向に昔と変わっていない。

鞍之介が部屋の入り口に突っ立っていると、女中が急ぎ足でやってきて挨拶し、行燈の灯を大きくして出ていった。

明るくなった部屋の変色した壁に、一枚の書が貼られているのが目に入った。

〝骨をつぐ　人をつなぐ〟

そう書かれた書体は、若い時分の直賢のものだろう。

その字に見入っていると、廊下にまた足音がして直賢が入ってきた。続いて若い女中が二人、しずしずと膳を運んでくる。

月見のために用意したものらしいが、女中らは何か言い含められていたらしく、酌《しゃく》をすると、さっさと部屋を出ていく。

「さて、今日は、何だ？」

盃をトンと置いて直賢が言った。

鞍之介はぐっと詰まった。

「思い悩むことがある、と顔に書いてあるぞ。言ってみい」

幼少のころから親しみ、陰では〝ジイ様〟などと呼んで揶揄《やゆ》することもあったが、こうして膝詰めで向かい合うと、未だに少年のように緊張し、言葉のつぎ穂に苦労する。

「実は、一つご相談がありまして。あ、いえ、自分のことじゃないんですが」

と言葉を選びつつ、万屋六蔵という指物師を巡る、身投げ未遂事件と、金を得るための〝最後の一手〟について、かいつまんで話した。

「うむ、万屋六蔵か、どこかで聞いた覚えがあるな……」

「まだ日があれば別ですが、借金の返済期限が明日に迫っていて、親方は焦っているんです」

「ふむ。当面の事情は分かった。しかし、それとお前は何の関係があるのか？」

「いえ、特に何も……」

ただ、語りたかったのは、親方が身投げしようと思い詰めた背景についてだ。あの氷川堂の誤診である。

「実は親方は二年ほど前、暴走した馬にはねられ、足首と手首に怪我をしたのです。その時、駆け込んだのは本所の接骨院の氷川堂で、間もなく治ったそうですが、しかし……」

右の手指の先が微妙に動かなくなり、町医者に通っても治らないので、行かなくなってしまった。

その結果、満足のいく指物が作れなくなったことが、六蔵の破滅の原因だった。

鞍之介は、その診察の模様を説明して言った。

「自分が診たところ、肩の内部の骨がずれているのが分かりました。これは氷川堂側の見落としです。おかげで六蔵親方は将来を奪われてしまった。これは、評定所に訴えられないものなのか……」

直賢は鋭い視線をじっと弟子の顔に注いだ。

その面長な顔の額には、深い皺が一本刻まれている。少し白いものの混じった太い眉の下の目は切長で鋭いが、多くのことを包容する深さが備わっている。

「お奉行様に吟味してもらい、損害額を氷川堂に弁償させて然《しか》るべきと……」

「相談事とはそれかい？」

「あ、いえ、そうじゃないんですが」

鞍之介は思わずムキになっていた自分に気付き、赤くなった。師匠の前に出ると、なぜこう固くなるのだろう。

「あまり腹が立ったのでつい余計なことを喋りました。ただ私も同じ骨つぎとして、あの指物職人を、何とかしてやりたいと思うんです」

　氷川龍庵の仰々しい行列の様が目に浮かんだ。

　すると直賢はあっさり言った。

「ふむ、氷川堂の誤診を証明するものが、どこかにあるのかね？」

「いや……」

「ならば無理だ。たしかに六蔵親方には、同情すべき点が多々あるようだ。惜しむらくはなぜ、他の骨つぎ……はっきり申して名倉堂に、診てもらわなかったのか。手は、幾らでもあったはずだ。だがその努力を惜しんで、いたずらに博打に溺れ、借金を重ね、家族に迷惑かけたのは、親方の怠慢ではないかと思う、違うか？」

「は……」

「聞いた限りじゃ、お前の相談とは、つまるところ金だな？」

「はっ、恐れ入ります」

「聞こう」

　鞍之介はやっと心を決めた。

「五十両ほどお借り出来たら、親方を救うことが出来るのです」

「ほう」

直賢はまた無言で、鞍之介を見ている。

「これは、早期の返済の当てがあるため、こちらにご迷惑を掛けることはないと考え、お願いに上がったのです」

鞍之介は、かの頼母子講の仕組みを簡単に説明した。

親方はこの頼母子講で当たれば、明後日にも金が入る。

その日に当たらなくても講は翌月もあるから、一か月と少々で借りた金を返せるわけだ。

「ともあれ、借金の返済期限が明日の暮六つまでと聞いて、何とかしてやりたいと思い、こうして出張って参った次第です」

十一

「なるほど、頼母子講の話はよく分かった」

直賢は酒を呑み干して、穏やかに言った。

「だが依頼の向きは、断る」

「…………」

虫のすだく声が、急に高く耳を覆った。

それまで耳に入らなかったのに、リーンリーン、ギチギチギチ……と、庭は多様な鳴き声の宝庫だと初めて実感した。

「いや、そなたに限らず、金は貸さんことにしておるんじゃ。いちいち融通しておったら、キリがない。それにわしもうすぐ八十。これから金を貸したら、生きてるうちに回収出来んだろうが、ははは。いや、お前の話は別だがな、ははは……。わしがぽっくり逝けば、名倉には孫の勝介しかおらん。勝介はもう十七じゃ。むろん名倉を立派に支えてくれようが、ま、ややこしい話は遺したくない」

鞍之介はハッと胸を打たれた。

まだ少年のころ、将来を期待されていた有能な父が、女を追って出奔《しゆっぽん》するのを見ていた子だ。

父はその後、何度か出入りを繰り返したが、ある時からふっつり姿を消してしまった。もう帰らぬと悟った直賢は、その長男を後継者とするべく、徹底的に鍛えてきたのである。

直賢のそんな窮状と高齢は、誰しも十分心得ていること。それでいながら、その矍《かく》鑠《しゃく》とした生き様に幻惑され、いずれこの師にも死が訪れることに、想像が至らないのである。

少なくとも鞍之介は、そうだった。

世間的には偉人と言われながら、家庭的には必ずしも恵まれていないこの師匠に、こんな相談事を持ち込んだ自分の甘えが、急に鋭く胸を抉《えぐ》った。

師匠は、門弟の中でも鞍之介には大甘だと言われてきた。

独立には反対し大きく対立したが、それも愛情あってのこと。おかげで経済面の援助はなかったが、知り合いへのさりげない宣伝は惜しまず、陰で何かと援けてくれたのは間違いない。

父がこの世を去った時、残された母十和は二十九、遺児鞍之介は七つで、母ゆずりの細面《ほそおもて》の美少年だった。この身寄りのない母子を、直賢は、家族のように物心両面で長く支えてくれたのである。

直賢とはそういう人物だ、と鞍之介は思ってきた。

だがそんな直賢を、十和との関係で面白可笑しく脚色し、名倉家の謎として、まことしやかに流す者もいた。

それは鞍之介の耳にも届いたが、流言飛語《りゅうげんひご》の類として一笑し、歯牙《しが》にもかけなかった。母に問うたこともない。仮に問うたら、母も笑い転げるだけだろうから。

ただ根も葉もない噂と知りつつも、鞍之介が亡父を思う時、ふと思い浮かぶことがないではなかったが。

「申し訳ありませんでした。せっかくの月見の宴に、こんな話を持ち込んだことを、お詫び致します」

と頭を下げた鞍之介を、ああ、いやいや、と直賢はあっさりいなし、

「まだすべて言い終えてはおらんぞ」

と、にこりともせずに言った。

「もう一つある。六蔵親方の不調の原因だがな、わしもそなたとほぼ同じ見方だ」

と言って墨と硯《すずり》を取り出してきて、筆をとって一枚の紙に何か描き始めた。

どうやら肩甲骨の分解図である。

「万屋とはたしか、古い分限者《ぶげんしゃ》に支えられてきた指物の老舗《しにせ》のはずだ」

さらさらと筆を動かしながら、思い出したように言った。

「一方の、六蔵を支えた信濃屋といえば、あの日本橋の家具問屋だろう？　実はここの大旦那が、うちの古くからの患者でね。この硯箱はその大旦那が、万屋から手に入れて、わしの六十の賀《が》の祝いに届けてくれた物よ」

そうだった。

万屋の件は、この直賢から聞いたことだったのだ。

「それ見ても分かる通り、なかなか高級な指物だ。もしかしたら六蔵親方の父親の作かもしれん」

などと呟きつつ描き終えて、鞍之介に見せ、

「いや、今さら言うまでもないが、ここが肩峰《けんぽう》でここが肩甲骨、それにこの上腕骨が……」

と指をさして細かく説明した。

「これは嵌まっているように見えて、時にずれていることがある。痛みは特になく見た目じゃ分からんから、時に見逃される」

この症状は鞍之介も学んで知っていたが、気がつかなかった。

「ああ、なるほど」

「つまり亜《あ》脱臼じゃ。脱臼を治すのと同じと思え」

直賢の術は神業《かみわざ》と呼ばれるほど巧妙で、代診や助手に押さえさせ、自らは患者と世間話をするうちに、突然ヤッと掛け声をかけ、嵌めてしまうのだ。

ポコッと大きな音がして、患者は夢から覚めたような顔になる。

「お前にとっても、この治療はさして難しくないが、呼吸が合わないと失敗する。気合が大事だ」

師匠は言って立ち上がり、鞍之介の背後に回って肩に手をかけて、指先に力を入れた。

「いいかな、ここをしっかり押さえるのだ。気合いを入れて一気にやらんといかん。三人でかかれ。一人は背後から羽交締《はがいじ》めで押さえ、一人は両手を引っ張り、一人は横から支えつつ気合を入れる」

はっ、と言って鞍之介は、今度は師匠の背後に回って、肩に手を触れさせてもらった。前よりかなり骨張っていた。

「そう、その要領だ。明日、早くからかかれ。故障した名工に支援者はつかんが、治ったら、必ず人がつく。最後まで見放すな」

「はっ」

「治したらその足ですぐ、六蔵を信濃屋に行かせるのじゃ。事情を話せばあの旦那なら会ってくれよう。お前に出来るのはそこまでだ。その先は信濃屋の胸三寸《むねさんずん》。見放されるか否かは、六蔵自身が向き合うしかなかろう」

鞍之介には今、この先の道筋がはっきり見えていた。

いま自分が出来ることは、一刻も早くきっちり治すことである。

鑿を手にする手指が動かなくなった指物師などガラクタ同然、金を投じてくれる酔《すい》狂《きょう》な分限者がいるはずはない。これまでの実績を担保に、六蔵自らが勝負するしかないのだ。

これから為すべきことを考えつつ、人通りが急に途絶えた夜の下妻街道をまっすぐ、千住大橋まで急いだ。

船着場に着いた時、満月はすでに夜空の中天にあって、虫のすだきが地上を埋めていた。

暑い暑いと言っても、もう秋だなと思った。

十二

「もう来てもいいころだが……」

翌午前、患者を診ながら、鞍之介は気が気ではなかった。

「見えませんねえ」

雨が落ちてきそうな雲行きの中、橋まで見に行った寸ノ吉が帰ってきて、大声で報告した。

一刻も早く六蔵を摑まえて、治療しなければならない。

師匠に教わった通りにすれば治ると、あの弥次兵衛直賢が断言したのだから、治らぬわけはないのだ。

だが、肝心な六蔵が現れない。

実はこのような事態を案じて、一応の手は打ってあった。

昨日、本所の氷川堂に出かける前に、門番で雑用係の和助《わすけ》を呼んで、これから深川の万屋六蔵宅に行って泊まり込むよう、申しつけた。

「娘のお節が借金の代償に連れ去られないように」

と申し出れば、六蔵も断りはしないだろう。本当は六蔵の奇行を恐れての、せめてもの防衛策でもあったのだ。

ともかく泊まり込んで、一晩寝ずに家を見張ってこいと。

六蔵が朝食を終えるのを待って、駒形まで無事に連れて帰れば、その後は一日まるまる休んでいいと。

和助は柔術を得意とし、雑用の合間に骨つぎ術を鞍之介から学ぶ、十八歳の若者である。

この日は朝から雲が低くたれこめて、蒸し暑いのに風もなかった。

和助がついているのに何かあったか、と募る不安を押さえつけながら治療を進めていると、昼近くになって外でまた寸ノ吉の大声がした。

「せ、先生ェ、大変です！」

寸ノ吉は叫びながら、客が大勢ひしめく待ち合いを駆け抜けて来た。いま再び橋まで見に行ったところ、六蔵が大川橋で誰かに襲われていたというのである。

「和助はどうした？」

問いつつ鞍之介は立ち上がり、仕事着を脱ぎかけている。

「六蔵を庇《かば》って、賊に立ち向かってますよ。相手は四、五人いるようなんで、急いでください」

「よし、海老原《えびはら》先生、後を頼む」

と代診に声をかけて、飛び出した。

外に出ると、ちょうど広小路からこの駒形通りへ、六蔵がよろぼいながら駆け込んでくるのが見えた。

「どうしたんですか、六さん、何があったんです？」

「橋に氷川堂のやつらがいて……」

「ええっ、氷川堂が？」

「いや、ばったり会っただけなんだがね。例の相撲取り崩れがいて、名倉の旦那を呼んでこいと！」

「雷か、一体また何の言いがかりだ？」

うんざりして、返事も待たずに走り出しながら言った。

「氷川堂なんかどうでもいい。私はすぐ戻るから、早く名倉堂に入って、準備しててくださいよ！」

大川橋は、通行が遮断されたような状態だった。

橋の袂で見守る群衆の中に、竹ノ家の小僧の兵吉の顔が見えた。ふと思いついたことがあって鞍之介はそばに駆け寄り、あることを耳に囁いて、橋に踏み込んだ。

雲は途切れ、また夏空から降り注ぐ陽にさらされた橋の上では、がっちりした和助が、三人の体格のいい男に囲まれていた。

その足元には若い男が一人倒れて呻いており、もう一人が欄干に凭れて吐いている。

和助を囲む三人の中の一人が雷で、他の二人が刀を正眼に構えているのに、和助は素手だった。

この男らを前にして両手をだらりと下げて立ち、刀が振り下ろされると前足の捌《さば》きで左に右に避け、それを繰り返している。

「やめろ、やめるんだ！」

大声で叫びながら鞍之介は飛び出して行った。

「この橋はお前らの遊び場じゃないぞ。ここは皆が通る天下の公道だ、散れ散れ！」

すると一人が誘われたごとくに刀を振り上げ、突進して来た。

刃うなりするような鋭い斬り込みを、鞍之介もまた、右足の前捌きで避けた。刀が目の前を唸って掠める瞬間、腰を沈める。空振りした相手は、前のめりでたたらを踏んだ。

その無警戒な頸《くび》に、鞍之介は渾身《こんしん》の当て身を叩き込んだ。

急所への一撃で、相手は腰を落として泡を吹き、ずるずると倒れ込む。それを見たもう一人は、怯えたように刀を納め、倒れている男を引きずりながら、橋の東詰へ逃げていく。

他の二人もそれに従ったが、雷だけは岩のように突っ立ったままだ。

「またおぬしか」

鞍之介は、しかめ面で言った。

「何があったか知らんが、つまらん真似もいい加減にしないか」

「あんた、万屋の親方に、何を吹き込んだんじゃ？」

肉付きのいい頬に埋もれた細い目に、憎しみが籠《こも》っている。

「万屋に？　何を？」

「わいが訊いとるんじゃ。万屋に、告げ口したろうが？」

「告げ口だと……」

と不審の声を上げたが、ははあ、とすぐに察しがついた。

たぶんこの橋で六蔵にバッタリ出会った雷は、氷川堂の客だったこの男に、何か声をかけたのではないか？

だが氷川堂の〝誤診〟を聞いていた六蔵は、江戸っ子らしく、その〝ヤブ〟ぶりを罵ったのではなかろうか。

怒った雷は、一緒にいた喧嘩好きの不良仲間をけしかけ、万屋に、鞍之介を呼んでくるよう命じたのでは？

「万屋は、今は名倉堂に通っておるとな。あんたが唆《そそのか》したんじゃ」

「一つ言っておくぞ。私はおたくらほど暇じゃない。氷川堂の足を引っ張るようなことは、いっさいしておらん。目を覚ませ！」

と言って向かい合った。

するとその時、高い声が群衆の中から飛んだのである。

「岡っ引が来たぞ！　道をあけろ」

兵吉の声だった。

雷はきょろきょろ周囲を見回して、仲間が誰もいないのに気付き、慌てたように反対側の群衆の方へ逃げ出した。

突っ立ったままの若い和助は、鞍之介と目を合わすや、血痕が点々と飛んで汚れた顔を、泣き笑いのようにくしゃくしゃにした。

「六蔵親方は、戻ったっすか」

「ああ、おまえのおかげでな」

出血している和助の左手を取って、ためつすがめつしつつ言った。

「院に戻って手当てを受けて、明日までゆっくり休め」

十三

「さあ、気を楽にしてくださいよ」

畳に敷かれた布団に両脚を伸ばし長座位《ちょうざい》で座った六蔵に、鞍之介は声をかけ、その肩に柔らかく触れた。

枕元に置かれた古い碁盤には、寸ノ吉が腰を掛け、患者を背後から羽交締めに抱いている。

「もっと力を抜いて……。しかし親方、会うにことかいて、よくあんな連中に出会ったもんですね」

「何か知らねえが、近くで朝の修練があったらしい」

「全員が氷川の者で？」

言いつつ、師匠から教えられたツボを静かに探った。

「いや、詳しいこたぁ知らん。ただ雷のやつが、その後調子はどうかね、と声をかけて来やがったから、いいもんけェ、ヤブのお陰でわしの人生真っ暗よ、と言ってやった。わしは名倉のおかげで生きようと思ったんだとね」

「それが元で、喧嘩になった？」

「そうだ。雷はわしが名倉堂へ行くと見て、皆に合図し、一斉に斬りかかってきやがった。刀を振り回したくてたまらん連中だ」

助手の文平が、患部のある方の手を引っ張る。

鞍之介は横に立って、浮き上がる体をしっかり支えた。

「雷はよほど名倉堂が憎いらしいな」

という鞍之介の言葉に、六蔵はふふ……と笑った。その時、

「ヤッ」

という裂帛《れつぱく》の掛け声が、鞍之介の口から洩れた。

息を呑む静寂の中に、コツッと微かな音がし、すぐ近くを流れる川の音が急に高く聞こえた。鞍之介は頷いた。

「よし、うまく嵌まったようだ。皆、ご苦労だった、さあ持ち場に戻ってくれ」

二人の助手が出ていくと、そのまま静かに六蔵の肩を揉みほぐして、馴染ませる。

しばらくその状態を続けてから、背後からそっと肩を動かしてみた。

「どうですか、痛みはありませんか？」

「いや、特に……」

「指の具合はどうかな。さあ、指先を動かしてみてくださいよ、焦らずにゆっくりとね」

言って鞍之介は立ち上がり、窓から外を眺めた。

川風が先ほどに比べて肌に涼しく、晴れ渡った青空の何処かから遠雷《えんらい》が響いている。空の隅から、邪悪そうな黒雲がむくむくと湧き出していた。ここで一雨くれば、暑かったこの夏も終わりになるのだが、とぼんやり思った。

「せ、先生」

しばらくして背後で、六蔵の掠れた声がした。

「指が……」

「お？　指がどうしました？」

「指先が……思い通り動くみたいだ。こ、これは」

興奮する六蔵をしばし休ませて、落ち着かせた。

それから駕籠を呼びにやり、その到着を待つ間に鞍之介は、一通の書状を認《したた》めた。六蔵の指が元に戻ったことを証明する、いわば診断書である。

これを持って今から六蔵に同行し、信濃屋まで融資を頼みに行くつもりでいた。

ところが六蔵は、

「先生、この先はわしの仕事だ、一人で行かせてくだせえ」

と骨つぎ師の付き添いを、きっぱり断ったのである。指が思い通りに動くという奇跡を見せられてから、人が変わってしまったようだった。

だがこの人物を一人で行かせていいかどうか、鞍之介は迷った。

おそらく六蔵は何とかやるに違いない。その覚悟を固めたように思われたが、なお一抹の不安が残らないでもない。

もし先方から批判めいたことを言われたら、また狂気が戻るのではないか。そうなったら、すべてが終わりだ。

「いや、念のため付いて行く」

そんなやりとりをしていた時、パラパラと軒を打つ雨の音がして、急にザザザッ……と降り出したのだ。

一瞬三人は沈黙し、そこに立ち尽くして、雷音も混じる雨の音に聞き入った。やや小降りになった時、思いがけない声がした。

「手前でよければ、付き添わせてください」

それまでそばで黙って聞いていた寸ノ吉だった。

「親方は、お一人じゃない方がいいし、先生は患者さんを待たすわけにいかんでしょう」

鞍之介は驚いた顔で、そのニキビだらけの赤ら顔を見た。

その細い目が、一徹《いってつ》な光を帯びている。事情を知る寸ノ吉なら、鞍之介の不安をよく心得ていたし、一瞬の激情に流される男でもない。

「おお、それもそうだ。よし、じゃ親方、自分に代わってこちらに行ってもらいます」

と鞍之介はうむを言わせず、六蔵の肉厚の肩を叩いた。

一時の雨も止んで、雨上がりの土の匂いがする中を、六蔵を乗せた駕籠が出て行き、寸ノ吉がそれを追っていく。

玄関で後を見送った鞍之介はふと、一杯やりたくなった。厄介な患者を治した後のような、一抹の寂しさを覚えたのである。

寸ノ吉の報告では、信濃屋の大旦那は、すでに金を整えて待っていたという。朝のうちに千住から、急ぎの手紙が届いていたらしい。

第二話　雪の夜の猫

一

大川橋まで小走りで来たみおは、橋を見て少したじろいだ。

降りかかる雪のため、暗い橋は岸からの淡い町明かりに、白く煙って見える。

提灯を掲げると、光の輪の中を雪が密々《みつみつ》と横切っていく。

家を出た時、雪はすでにチラホラと舞ってはいたが、すぐ消えるものと思い、傘も持たず日より下駄で出てきてしまった。

やはり雪は思ったほどには積もっておらず、思い切って駆け出すと、カタカタカタカタ……と下駄の音が響いた。

寒くはなかった。

身にまとった綿入半纏の腹の辺りに、本所瓦町の木戸番で買ってきた熱々の焼き芋を、温石《おんじやく》がわりに抱えていたからだ。

昨今は、大抵の木戸番が、内職で焼き芋を売っている。管理人である番太郎《ばんたろう》が、店の土間に竈《かまど》を作って、その上に素焼きの浅い土鍋を載せ、さつま芋を並べて蒸し焼きにするのである。

最近は、瓦町の番屋の芋が美味しいと、近所で評判だった。

橋の中央まで来た時、前方から黒い影がやってくるのが見えた。

目を凝らしてそちらを見ると、お高祖頭巾《こそずきん》を被った女が、やはり傘をささずに提灯だけを提げて近づいてくる。

その提灯の灯りが届く輪の中に、キラと光るものが見えた。

何……？　目を凝らして見つめ、それが猫の目であると気付いて、思わずみおは前方を見直した。

女は、上着の上に羽織った肩掛けの端っこで猫をくるみ、胸の辺りでしっかり抱いていたのである。

（こちらも温石がわりかな？）

そう思うと何だか微笑が口許に浮かぶ。

こんな夜に連れ出されて、猫は迷惑と思っていないだろうか?

いや、こんなに天から沢山の雪が落ちてくる寒い夜、自分を温石がわりに抱きしめてくれる人がいるのは、嬉しいことに違いない。

(なんて幸せな猫だろう)

と思わずにはいられなかった。

(私にはそんな人がいないもの)

みおは八歳、四年前に母親を亡くした。

そんな自分を、大事に大事に育ててくれている祖母の十和と、叔父の鞍之介は、たいそう優しく、何の不満もなかった。だが……。

もし母親なら痛くなるほど抱いてくれるだろう、やんちゃをすると、物差しで手を叩くこともあるだろう。

けれど今、自分を痛いほど抱いたり、お仕置きをしてくれる人はいない。祖母や叔父は、お母さんとは違うのだ。

夜空を舞い降りてくる無数の雪片は白く、〃お母さん色〃をした暖かい色のものは一片もないように。

そんなことを思いつつ、俯《うつむ》きながら暗い橋上ですれ違ったのだが、その時みおは、ハッと耳をそばだてた。

何か微かな声が、聞こえたような気がしたのである。

「た、す、け、て……」

と、それは聞こえなかったか。

おそらくそれは、猫が鳴いたニャーという声が、夜気《やき》を震わしてそう聞こえたのに違いない。みおは一瞬、足をゆるめたが、立ち止まりはせずにずんずん進んだ。

するとその時もう一度、かそけき声が微かに耳を掠めた。

「たすけて……」

みおは混乱して足を止めた。

そういえば……とふと思い出したことがある。先ほど行きがけに、この女性を、この橋で見かけはしなかったか？

その時はもう薄暗かったし、猫を抱いているとは見えなかった。女性は欄干すれすれに、川を覗き込むようにしながら、ひどくゆっくり歩いていたっけ。

雪を見ているのだと思い、特に気にも留めなかった。

だがあれから四半刻（三十分）はたっているのに、この寒い雪の橋をなぜまだ、彷《さま》徨《よ》っているのだろう。そのことが今、あれこれの場面と結びついて、火花を散らすように思えた。

ある恐ろしい予感が、むっくり頭をもたげた。みおはとっさに振り返り、すれ違って行った女性に呼びかけた。

「あの……」

相手はハッとしたように立ち止まり、振り向いた。みおは駆け寄って行き、我ながら思いもよらぬことを口走った。

「おねえさん、その猫を捨てないで!」

「………」

相手はギョッとしたように、みおを見下ろした。

(どうして分かったの?)

と問いたげな目がみおに注がれたが、みおは何も言えずに見上げた。女は大きく目を見開き、じっと見返してくる。

その切れ長な目は、青い狂女めいた光を帯びているようで、何だか怖かった。

(やっぱりこの人は猫を捨てるつもりだ)

改めてそう思った。この雪の大川に投げ込まれたら、猫はたちまち死んでしまうだろう。

紫のお高祖頭巾で縁取られたその青ざめた顔が、ひどく不幸せそうに見えるのは、そんな猫の未来が見えているからに違いない。

ただ、たいそう美しい人だと初めて気付いた。

「猫、好き？」

初めて相手は口をきき、みおはこっくりと頷いた。

「じゃ、この猫を貰っておくれ」

「え？　でも……」

「あたしはもう飼えないから」

言いざま、胸に抱いていた猫を肩掛けで包み直し、みおに押し付けたのである。

「あっ……」

とみおは悲鳴を上げた。

もがいて爪を立てる猫が怖いのではない。片手で抱きとった猫がずっしりと重く、もう片方の手で抱えていた焼き芋の包みをあわや落としそうになったのだ。

「ほら、トラ丸、お前からもお願いするんだよ」

女は言って、ぎゅっとみおの腕に猫を押し付け、

「いい子にしておいで」

と言い、そのまま背を向けて、東詰の方へとカタカタと駆け去って行った。その後ろ姿を呆然と見送って雪の中に突っ立っていると、橋の西詰から人の声がした。

「みお？　そこにいるのはみおか？」

聞き慣れた鞍之介叔父の声が、提灯の灯りと共に近づいてきて、みおは我に返った。

二

（猫が口をきいたなどと、たわけたことを……）

猫を巡る一騒動の後、書斎に引き取った鞍之介は、苦笑しながら書見台に向かった。だが気が散って集中出来ない。

廊下の奥の部屋から、笑い声が洩れてくる。

みおは今、祖母十和のこたつに入り、女中のお春も交えて焼き芋を頬張っている。先ほどから猫談義に夢中だったが、当の猫は、畳に敷いた肩掛けの上に丸まって、死んだように眠っていた。

「叔父さま、この猫飼ってもいい？」

家に連れ帰った時、すぐにもみおはそうせがんだ。

もとより鞍之介は大の猫好きだから、反対する理由など全くない。それどころか、母のいない姪を気遣って、以前から犬猫の飼育を勧めていたほどである。

「自分は構わんけど、お祖母ちゃんに訊いてみないと」

と今は一応、十和を立てた。

毎朝、薬作りをする家だから、動物の毛が一本でも入ってはいけないと、十和は以前から動物の飼育を認めなかったのだ。

だがみおはパッと目を輝かせた。

「あ、お祖母ちゃまは、叔父さまに訊くようにって……」

前に庭にいた野良猫がいなくなって、みおが寂しがっていることに、十和は心を痛めていたのだろう。

すぐにも話が決まったが、肝心の猫はのうのうと眠りこけている。

見たところ変哲もない猫だが、手入れが行き届いて美しかった。

たぶんキジトラだろう、と鞍之介は言った。茶色の地毛に黒っぽい縞が濃淡で入っているし、その飼い主の女も〝トラ丸〟と呼んでいたというのだ。

毛並には艶があって、その体を明るい所で動かすと、毛並はヌメヌメと豪奢《ごうしゃ》にぬめって見える。

この贅沢そうなお座敷猫が、みおに助けを求めたと？

そこで鞍之介は首を傾げてしまう。

あり得ない。おそらく妄想というものに決まっている。あの子は過去の不幸な体験からか、感受性が強いところがあり、人一倍感じやすい少女に育ちつつあった。

だが感受性はともかく、この雪の中、猫を抱いて橋上を彷徨う美しい狂女を見れば、誰しも猫の命運を案じずにはいないはず。

猫には、動物特有の予知能力が備わっているから、わが儚《はかな》い運命を予感したら、ニャーぐらいの鳴き声を発して当然だろう。

それをみおが勝手に、〝助けて〟と感じとったのだ。年若い女の子にありがちなことである。

そう読み解いて、鞍之介は何がなしほっとした。自身も骨つぎ師として敏感な指に恵まれ、患者の体を触診すると、患部の状態が手にとるように見えてくるのだ。

みおは、鞍之介の三つ上の姉お澄《すみ》の一人娘である。

生まれた時からよく知るこの子が、幼くして母を失った今、自分が一人前の女に育てなければと責任を感じていた。

十和が手習いに去年から通わせており、来年には琴をやらせるという。

だが最近はたまに妙なことを口走るようになって、微かな不安を覚える昨今だ。

あの癖は、四年前から始まった、と記憶する。


四年前、まだ千住の名倉家に寄宿していた鞍之介は、その日は数少ない休日だったのだが、午後から往診に出かけた。

名倉では、休日でも往診の当番が回ってきたのだ。それが鞍之介は、嫌ではない。夏冬はともかく、春先の芽吹く季節に田舎道を行くのは心地よく、足腰を鍛えるいい機会だった。

その日は、朝から強風が吹いていたが午後には収まり、久しぶりに外歩きをして帰ってきて、思いもよらぬ事故を知らされた。

対岸からこちらの船着場に向かっていた渡し船が、猛烈な突風に煽られて、川の中央で転覆したというのだ。

大川ではたまに起こることだった。特に花見の季節などに定員を超えて大勢が乗っていたり、強風の警告を無視したりして、事故に遭うことが多かった。

この辺では人死が出るほどの事故は珍しいが、前日から天候が不安定だった。二、三日降り続いた雨で、見た目より川は増水しており、穏やかに見える中央の淵の下では、水が逆巻いていたのだ。

お澄は所用で娘を連れて対岸に出かけ、その帰りに乗った船が思いがけぬ突風に煽られ転覆。六人の乗客のうち、お澄と、初老の船頭が溺死したという。

この船頭は真っ先に幼いみおを抱きとって岸へ届け、次にお澄を救い、三度めに淵へ引き返して、深く潜《もぐ》ったまま浮上しなかった。

河原に横たえられたお澄は娘の無事を知って安堵の笑みを見せ、医者を待たずにこと切れたという。

この後、みおは高熱を発して寝込み、しばらく口をきかなかった。

だが十和の懸命の看病で熱は下がり、徐々に健康を取り戻したが、母親のことは一言も訊かなかった。

四年たった今も母のことは口にせず、笑わない無口な少女に育った。

ただ、時には妙なことを口走る。

前に庭にいた野良猫のクロがいなくなった時は、こう言った。

「ああ、クロは旅に出たの。いなくなる前にそう言ってた」

子どもらしい妄想と、鞍之介は笑って聞き流した。

今は、このキジトラ猫のおかげで、みおが笑いを取り戻したのが何より有難い。ただ気掛かりは、猫を川に捨てようとして捨てきれず、通りがかりのみおに押しつけて逃げ去った飼い主の女に、どんな事情があったものかと。

そこに何か闇を感じ、微かな不安を覚えずにはいない。

ともあれ、あの氷川堂一派に嫌がらせを受けぬよう、しばらくは外に出さないで、気をつけて飼わねばなるまい、と鞍之介は思う。

三

「おや、お嬢ちゃん、猫を飼いなすったかね」

翌朝やって来た髪結《かみゆい》のお富《とみ》が、雪のまだ残る庭に猫を抱いて立っているみおを見て、縁側から声をかけた。

今朝はからりと晴れ上がり、雪は庭の木々や植え込みの枝葉に白く残っているくらい。開け放たれた縁側にも、陽が眩しく射していた。

「ええ、昨夜、そこの橋で拾ったんだって」

と座敷で十和が、火鉢の火を熾《おこ》しながら答える。

「あの雪だもの、迷い猫がいても不思議はないですよ。どれ、お嬢ちゃん、ちょっと見せておくれな」

みおは頷いて縁側に座り、猫をお富の腕に渡そうとしたが、猫はもがいてスルリと逃げてしまった。

「まあ、元気のいい猫だこと。いえね、あの猫の首輪があんまり贅沢だったから。元の飼い主はきっと、お大尽《だいじん》さんだろうと思ったんですよ」

とお富は苦笑し、座敷に戻って髪結《こ》の道具を並べ始めた。

「そういえば、猫には勿体《もったい》ないような布を使ってたねえ」

十和が笑って言う。

「あたしの巾着《きんちゃく》にでもしたいような……」

「さすがお目が高い。そうなんですよ、あれはたぶん遠州綿紬《えんしゅうめんつむぎ》じゃないですかね」

遠州で栽培された綿花を使い、職人が手作業で染色と機織《はたお》りをし、丁寧に縫製されたものという。

「まあ、詳しいじゃないか」

「そりゃァ、お客様商売ですもの。呉服屋のおねえさんの相手もさせていただいてますんで」

とお富は笑った。

「でもお嬢ちゃん、いいことしなすった。もし迷い猫なら、届ければ飼い主さんからたんまりご褒美を貰えるし、人形町《にんぎょうちょう》の猫屋に持って行けば、いい値で売れますよ」

言って縁側に目を向けた。

だがみおも猫もいつの間にか消えてしまい、無人の庭は冬の陽に輝き、ポタポタとあちこちの樹木が、雪解けの雫《しずく》を垂らしていた。

「ほう、遠州綿紬の首輪ですか」

治療台にうつ伏せになって聞いていた患者は、腰痛が、肩凝りが……と、何かにつけて駆け込んでくる常連の隠居だった。

今日は頻尿《ひんにょう》の症状を訴え、門を閉めた午後になってやって来た。

頻尿は鞍之介には専門外なのだが、この昨今の冷えと、一日座りっ放しらしいご隠居の運動不足を、見逃さない。そこで腰の背骨の両脇を親指で強く押し、次は両手の肉の盛り上がった掌底で、さらに強く揉み込む治療を試みてみた。

このことによって腰に溜まった気を散らし、津液《しんえき》（水）の循環がよくなる。

そんな治療を施しながら鞍之介は、この患者が、浅草阿倍川《あべかわ》町《ちょう》の織物問屋の御隠居であることを思い出した。

昼飯時に十和から話を聞いて、首輪から飼い主を突き止められないかと思いつき、さりげなく口にしてみたのである。

「そうさねえ、遠州の綿紬といや、見た目も肌ざわりもほっこりして、なかなか高級なしろもんでの。そんな凝った首輪をつけた猫が、吾妻橋辺りで迷ってりゃ、飼い主は浅草の遊女屋の女かねえ。それとも、旦那に見捨てられたお妾《めかけ》てえところか」

隠居は、大川橋のことを吾妻橋と言った。

「そんな首輪、どこで売ってるんです？」

「そりゃ先生、猫屋に行ってみなされ。最近は猫が人気だからねえ。ああ、日本橋辺りの呉服屋でも、高級首輪を売ってますよ。やっぱり女《おなご》じゃのう、首輪に凝るのは」

誰かに猫屋行きを頼めないかと思い巡らせたが、猫屋が好きそうな妙齢《みようれい》の女は、周囲には皆無である。

そのうち、いい具合に患者が途切れた。この名倉堂ではいつからか、お茶は自分で淹れる習慣になっているため、鞍之介は仕事着を脱ぎ、台所へ向かった。

その時、通用口の方から声がした。

「おう、いるか」

その声はよく立ち寄る定廻《じようまわ》り同心の、長渕泰治郎《ながぶちたいじろう》である。通用口へ回ってみると、岡っ引の勝次《かつじ》を従えて立っていた。

「やあ、長渕様、お役目ご苦労様で。いいところに来なすった。今お茶を淹れるところなんで、お急ぎでなけりゃ、あちらでいかがです？」

「急いではおるが、茶は頂こう」

長渕はいつも口数が少ないが、茶が好きだった。

「ここの茶は美味いしね」

と笑って頷き合う二人を、庭を回って日当たりのいい縁側に導いた。

鞍之介は、母の十和が茶を出さなくなってから、手が空いていれば自分で淹れるようになっている。

「先生は美味いお茶を淹れなさる」

などとお世辞《せじ》を言ってくれるのが嬉しく、今は茶碗や急須に触れるのも心楽しく感じられた。

四

「美味い。これでようやく頭がスッキリした」

と長渕同心は、一気に茶を啜り上げて言った。

「朝っぱらから呼び出されたんで、今日はこれが初めての茶だ」

「へえ、朝から事件でも？」

昨夜、近くで人が刺されたんでさ、と岡っ引の勝次が答えて、茶を啜りあげた。

「おや、近くってどこなんで？」

「うん、浅草今戸町《いまどちょう》辺りだが……」

と長渕が曖昧に言った。

今戸は、吾妻橋の上流にあって今戸焼で知られる町である。すぐ近くに聖天社《しょうでんしゃ》があって、その参詣者が立ち寄るし、今戸橋から山谷堀《さんやぼり》を吉原まで猪牙舟《ちょきぶね》で一直線なので、吉原詣での客でも賑わう。

川縁《かわべり》には料亭や居酒屋が軒を並べていて、鞍之介もたまに足を運ぶことがあった。

だが今戸までは少し距離があって、さして近いとも言えない。そんな鞍之介の安堵感を察したのか、長渕同心はさりげなく言った。

「ま、事件現場が、『大黒屋《だいこくや》』の寮（別荘）なんでね」

「大黒屋？」

「そうだ。だからこうして、この辺りにも聞き込みを広げておる」

大黒屋の寮は今戸の町外れにあって、あまり人に知られていない。

だが大黒屋本店の方は、江戸でも有数の酒問屋で、この駒形からほど近い東仲町《ひがしなかちょう》にあったのだ。大川橋にまっすぐ通じる浅草の広小路に面し、その見事な蔵造りの店舗で周囲を圧していた。

主人は尾州《びしゅう》徳川家の御用商人として知られていたが、近年は幕府へのお出入りも許されて政商にのし上がっていた。

「ほう、あの大黒屋がまたどうして……」

「下手人がまだ捕まっとらんのだが、どうかね、昨夜この辺りで何か変わったことはなかったか」

「いや、昨夜は雪で、この辺は静かなもんでした」

と首を振ったが、ふと昨夜の猫騒動が思い浮かんだ。

だが、あれはみおという空想好きな女の子に起こったこと。見知らぬ女から猫を押しつけられた以外に、何があったわけでもない。

そう思い直して、二煎《せん》めを注いだ。

「ただ、刺されただけで、殺されたわけじゃないんですね？」

「まあ、重態ということだが、これは他言無用で頼むよ」

と長渕がさらに声を潜めた。

「被害に遭ったのは、大黒屋の旦那なんだ」

「ええっ？」

本当ですか、の言葉を呑み込んで、茶を注ぐ手を止めた。

大黒屋喜左衛門《きざえもん》の恰幅のいい姿を、鞍之介は何度か見たことがある。浅草寺《せんそうじ》の祭礼の折などに、揃いの浴衣をまとって先頭に立つのが恒例だったから、いやでも目に入った。

まだ四十半ばのあの精悍《せいかん》で沈着な人物に、何があったのか。

「寮の者の話じゃ、どうやら下手人は女らしい」

女……と鞍之介は口の中で呟いた。

昨日、大川縁にあるその大黒屋別宅では、一人の幕府要人を招いて、酒宴の席があったという。宴は七つ過ぎ（午後四時）に始まったが、事件があったのは雪が降り出す直前だったという。

「その女は寮の奉公人ですか、それとも宴席に侍《はべ》っていた女とか」

「よくは分からんが、宴席の途中で何かあって、寮を飛び出していったらしい」

「何があったんでしょう」

「それが分かりゃ苦労はない」

長渕は首を振り、それきりぴったり口を閉ざしてしまった。

勝次ともどども無言で茶を啜り上げると、礼を口にし、

「何かあったら自身番まで連絡を入れてほしい」

と言い残して庭を出て行った。

鞍之介は、下手人の女のことで頭が一杯だった。

まずは昨夜、みおから聞いた話を、改めてじっくりと辿ってみる。

事件は雪の降る直前に起こったと長渕は言ったが、たしか、みおが最初に大川橋で女を見かけた時も、雪は降っていたと聞いた。猫を抱いた女は、雪がちらつく橋を思案気にうろついていたと。

一方、下手人と目される女が寮を飛び出したのは、雪が降り出す前だったのか、後だったのか。浅草今戸から大川橋までは、少々の距離がある。寒い夕方、大川橋まで、

女の足で走ったら四半刻(三十分)はかかるのではないか。

その距離を果たして走るだろうか?

それも、猫を抱いて? いや、あり得ない。両者は無関係だ。

だが、ただ……もしや旦那を刺した後で興奮しており、愛猫《あいびょう》を抱いて川に飛び込んで死のうと思い詰めたのでは。

しかし大川橋を目指したのは、何故か?

奇《く》しくもそこに通りかかったみおは、惨劇など何も知らずに、まだ血の臭いの漂う女に話しかけた?

そう思うだけで、全身の血が逆流する思いがした。

これはお上《かみ》に一言、報告しておくべきか。

いや、しかし……これはただの自分の妄想にすぎない。

みおの見た女は、単に猫を捨てに来ただけの、近所のお茶屋の姐《ねえ》さんかもしれないではないか。

胸に渦巻くそんな葛藤に、鞍之介は身動き出来なかった。

ただ一つ思うのは、猫一匹のことでみおをやたら問い詰めて、大人の事件に巻き込みたくないということだ。

気に入りの猫を手元に置いて安らぐ少女を、そのままそっとしておき、凄惨な事件のことは一言も知らせてはいけない。

そんな一心で、しばし成り行きを見ることにしようと思う。

だが好奇心を抑えられず、その女がどこの誰なのか、見当をつけるぐらいのことはいいだろうと思い直す。

夕方、竹ノ家に行き、それとなくお島と世間話をしてみたが、大黒屋の事件はまだ伝わっていないようだ。どうやら生死がはっきりするまで、大黒屋側も奉行所も、事件を伏せておくのだろう。

「おかみ、つかぬことを訊くけど」

と鞍之介は、何気なさそうに持ちかけた。

「そこの大黒屋のことをちょっと訊いていいかな」

「あら、大黒屋さんのことって、何でしょう？　お役に立てればいいですけど」

「いや、なに、猫の話です」

「猫？」

「うちの者が昨夜、雪の中で迷い猫を拾ってきたんです。ところが今日になってそれを見た患者が、もしかしてあの大黒屋の猫じゃないかと、言いだしたんでね」

もちろんそれは嘘だったが。

「ああ、ごめんなさい。ン十年もご近所に住んでるのに、お酒を仕入れるばかりで、あまりお付き合いはないんですよ。あそこに猫がいるかどうか。なんでしたら、兵吉を訊きにやりましょうか？」

「いやいや、そこまでは。ただ、大黒屋に猫を好きそうな人がいれば……」

と鞍之介は首を傾げた。

「そうですねえ、あの本店の別棟には、お内儀《かみ》さんとご長男がいなさるけど、お内儀さんは猫嫌いと聞いたことがあります。ああ、そういえば以前、住み込みの若い女中さんがいたけど……」

とお島は言葉を濁した。

「その子が猫を拾ってきて、騒ぎになったとか……。でもだいぶ前のことですし、その子はもうお店にいませんよ」

「どこかへ移った？」

「さあ、幾ら耳年増《みみどしま》でもそこまでは。でもちなみに、そこの橋で拾われたのはどんな猫でしょう？」

「毛並のいいキジトラだったかな」

という鞍之介の答えに、お島は遠くを見る眼差しで首を傾げた。

五

「……わしゃもういいんじゃ、放っといてくれ」

と待ち合いで老人がむずかっている。

その翌日の、閉院時間も過ぎた八つ（午後二時）過ぎのこと。

最後の患者を終えて、鞍之介が仕事着を脱ごうとした時、足首を痛めたという職人ふうの老人が、戸板に乗せられて運ばれて来た。

運んできたのは知り合いらしい中年男二人で、

「わしゃもう終わったんじゃ。今さら足首なんぞ治してどうする」

と出て行こうとする老人を取り押さえ、治療場に連れて来たのである。

「なら、歩いて帰るかね、じいさん。先生、頼みますよ」

と引き渡されて鞍之介は言った。

「こうして運んでくれる人がいる限り、あんたは終わっちゃいませんよ。治せる時は治した方がいい。お代は無料だ」

と足に触れながら言っている時、寸之吉がそばに来て耳元で囁いた。

「先生にお客さんです。お郁《いく》さんという女性で、竹ノ家さんの紹介だそうで」

「治療か？」

「いや、緊急に話したいことがあると」

お郁……まるで心当たりのない名前である。

「座敷に通して、少し待ってもらえ」

目下の救急措置を、放り出すわけにはいかない。素早く患部を冷やし、包帯で寸分の隙もなくキッチリ固定するのが名倉のお家芸で、これは自分でやらなければ気が済まない。

四半刻ほどで治療を終え、手を洗って、治療用前掛けを外して客間に入ると、なるほど十八、九の小柄な女性が、火鉢のそばに畏《かしこ》まって座っていた。

「お待たせしました。一色です」

と挨拶し火鉢を挟んで座ると、相手は青ざめた顔を上げて言った。

「突然お訪ねしてすみません、郁と申します」

丁寧に頭を下げたが声が震え、緊張で、顔が引き攣っていた。

小柄で痩せて骨張った身体に、素朴な藍木綿《あいもめん》の仕事着を纏っており、これに前掛けをつけると、すぐにもどこかの店の売り子に通用しそうないでたちだ。それを気にしてか、ぺこりと頭を下げた。

「すみません、店からそのまま来てしまったので」

「いや、構いません。お店は近くですか？」

「はい、大黒屋の者です」

あっ、と飛び上がりそうになった。

大黒屋の奉公人が、なぜ名倉堂へ？

「もしやご用件は……」

すると最後まで言わせず、お郁はその青ざめた顔を何度も頷かせた。

「はい、竹ノ家のおかみさんが、先ほど……ええ、お昼過ぎに、店に入って来られたんです。竹ノ家さんは、古くからのお得意様でございましてね」

言いながら、一枚の結び文をおずおず差し出した。

開いてみると、お島の達筆で、こう走り書きされていた。

〝この方が、猫に心当たりあるそうです。聞いてあげてください〟

鞍之介は頷いた。

肩掛けを羽織ってブラリと店に入って来たお島は、店に一人でいたお郁を摑まえ、最近大黒屋で、猫を飼っていたことがあるかどうか、尋ねたという。

「二、三日前、そこの大川橋で猫を拾った方がいるそうなの。それを見た人が、大黒屋の猫じゃないかと言ったそうなんで、訊きに来てみたんだけど」

「いえ、猫を飼ったことはございません」

とお郁は首を振った。

だが猫と聞けば、忘れられないことがあった。

四年前、大黒屋の住み込みだったお三《さん》という女中が、主人に内証《ないしょ》で、裏庭に迷い込んだ猫を拾って来たことがあった。

それがお内儀さんに見つかって厳しく叱責され、馘《くび》になるところを、主人の計らいで、今戸の寮付きの女中として本店を追われた。あそこなら猫を飼ってもいいと。

だがお三が猫を籠に入れて今戸まで歩く途中、大川橋まで来た時、付き添いの下男がやおら籠を奪い取り、お三の目の前で猫を大川に放り込んだ。お内儀さんの言いつけだからと——。

「四年前に捨てられたのは黒猫でしたが、拾われた猫は、キジトラだそうですね。竹ノ家のおかみさんは、あの猫はとてもいい人に拾われたみたいよ、と仰ってました」

「………」

「はっきり申して、猫を拾ったのはこちら様だそうですね？」

「それはそうだが、しかし……」

不審な目で見返す鞍之介に、じれったそうにお郁は続けた。

「いえ、どうしてもそれを知りたかったんです。拾ったのは大川橋だと聞きましたから」

「どういうことです？　繋がりがよく分からないが」

「その黒猫を奪われたお三様は、その後、今戸の寮でまた迷い猫を飼いました。それがトラ丸といって、キジトラだったんです」

六

「ふーむ、なるほど……」

鞍之介は大きく吸った息を、吐き出すように言った。

「あの、まことに恐縮ですが、おたく様が拾いなすった猫を見せていただくわけにはいきませんか？」

一気に詰め寄られて、鞍之介は返答に窮した。何から言ったらいいのか。ともあれ、あの猫騒ぎについては口を閉ざすつもりである。

猫を押しつけて消えた女は、どうやらお三に間違いないらしいが、そのことに触れると、みおに話が及ぶ。〝猫とその拾い主は今、この屋敷の中にいる〟とは言いたくなかった。

何としても、自分がここで食い止めなければならない。

「なるほど、猫はたぶん、お郁さんの知ってる猫でしょう。ただ、うちは人の出入りが多いんで、今は別の場所に移しているんです。拾ったのは私の姪です。いや、拾ったんじゃなく、橋で出会った美しい女性から、飼ってほしいと頼まれたんだそうですよ」

「それ、お三様です。お三様は猫を抱いて、その後、橋まで来たってことなんです」

言ってお郁は、青い顔を引き攣らせた。

「ああ、お郁さん」

ふと思いついて、おもむろに鞍之介が言った。

「大黒屋さんの事件はご存じなんだね？」

「………」

「一般にはまだ極秘なんだが、実は私も知ってるんでご心配なく。知り合いのお役人が聞き込みにきて、事情を明かしてくれたんでね」

「まあ、そうでしたか」

頷いたお郁の顔に、安堵の色が浮かんだ。

「昨日、十手《じって》を持った親分さんが見えました。旦那様が刺されて、お三様が行方不明だと……。私が奥に呼ばれたのは夜になってからでした。ええ、私は二年前まで、お三様の身の周りのお世話をしていたんで、何かと訊かれたんです」

それは岡っ引の勝次だったが、つまるところ、こう言った。

大黒屋の主人喜左衛門が昨夜、今戸の寮で刺されて重態である。

下手人は、妾女お三と見られるが、目下逃亡中。お三は信仰深く、よく通っていた檀那寺《だんなでら》はすでに調べたが、何の手がかりも得られなかった。

また自死の疑いがあるから、立ち寄りそうな家や場所に心当たりがあれば、すぐにも申し出よ。ただしこのことは極秘である。

「もう驚いちゃって、腰が抜けそうでした」

と郁は目を伏せて、吃りながら言葉少なに語った。

「するとお郁さんは、浅草今戸の寮で、お三さん付きのお女中だったんですね?」

「ええ、二年前までは。私、十四であちらへ回され、三年ほどおりまして、十七で本店に戻ったんです」

「そうだったんですか。ただ、お三さんは、どういう立場なんで?」

「寮は、幕府の偉い方なんかを招く、大黒屋の客間という感じでした。お三様はそのご接待係……そんな立場でしょうか」

お三は少女のころに借金のカタに大黒屋に引き取られ、野良猫を飼ったお仕置きの口実で、宴会の多い寮付きの女中に回され、喜左衛門の妾になったらしい。

「しかし一体、この事件はどういうことなんで?」

お郁の青白い顔に、赤みがさした。

「お三様はたいそう旦那様に可愛がられ、睦まじかったから、刺すなんてとても信じられません。私には、誰かが仕組んだこととしか思えません」

黒猫を川に放ったのは、かねてからお三に嫉妬した、お内儀の差金だったという。

今度も、何かそうした経緯があるのではないか。

「でも親分さんは、頭からお三様を下手人と決めつける口ぶりなんですよ。そのことを訴えても、全然聞いてくれません、猫はお三様が連れ出したに決まってるのに、親分さんは探そうともなさらない。だから私は猫のことは、何も申し上げませんでした」

「なるほど」

「ただ竹ノ家のおかみさんから猫のことを訊かれて、すべてが繋がったんです」

七

「そういうことでしたか」

鞍之介は、てっきり猫の謎が解明されると思っていたのに、さらなる謎に突入したのである。

「ちなみにお三さんは、どこでトラ丸を手に入れたんで？」

「ああ、前の猫と同じで、子猫の時にどこかの河原で拾ったとか。ただ旦那様はお内儀さんほど猫嫌いじゃないけど、懐かれなかったみたい。あの猫は飼い主以外の誰にも懐かないんですよ」

「ほう、それはそれは」

「お三様は寮を出る時、そのことを案じて連れ出したんでしょう。でもこちら様から逃げないのなら、きっとその姪ごさんに懐いたんですね」

と頭を下げるお郁を、性格のいい女人だと鞍之介は思った。

「するとお郁さんは、猫の行方については、親分には隠してくれているんですね？」

「ええ、今のところ」

お郁は微笑し、少し緊張したようにさらに目を瞠《みは》った。

「あの、実は親分さんに隠していることは別にあるのです」

とお郁が言いかけた時、

「入ります」

と声がして寸ノ吉が茶を運んできた。

今まで襖の外で立ち聞きしていたのだろう、と鞍之介は推察した。お茶は、話に加わりたい時のいつもの手だった。

「ああ、ちょうどいいから、一緒に話を聞きなさい。お郁さん、この者は信用出来るんで、このまま話を進めてください」

「はい。実は、お三様の行き先に心当たりがあるのです」

「えっ」

「親分さんは、両国の檀那寺を調べたと言いなすったでしょう。ええ、あそこにもよく通っておいででしたが、あれはあくまで、旦那様の手前なんですよ。本当に信仰していなさった寺は、私の知る限り別にございます」

お郁は頬を紅潮させ、息を呑んだ鞍之介に頷いてみせた。

「……それは？」

「法性寺《ほっしょうじ》の妙見様《みょうけん》です。ええ、間違いございません」

「ほう！……というと柳島の妙見堂だね？」

鞍之介は、暗い頭蓋の中に、ポッと灯りが灯ったような気がした。

あり得る話である。この時代、妙見信仰で知られる著名人は、枚挙《まいきょ》に暇《いとま》がないほど多かった。だが鞍之介にとっては何と言っても、師匠直賢の旧友だった浮世絵師、葛飾北斎だったのだ。

急に事件が身近になったような気がした。

「妙見様には、前から折々に通ってご寄進されていて……私もよくご一緒させていただいたのです」

お郁は言い、手にとった茶腕を静かにさすった。

「旦那様が旅に出られた時など、何日もお籠《こも》りすることもございました。お三様が今、どこかで身を潜めておられるとしたら、あの妙見様でしょう。このことは、誰にも知られておりません」

であれば、妙見堂に籠っていることは、お上からは見つかりにくいだろう。

「ふーむ、妙見堂か」

鞍之介は立ち上がって、書棚に飾りのように立てかけてある地図を出して開き、しばし見入っていた。

若い時分、千住の名倉堂に飄然《ひょうぜん》と現れ、直賢の許しを得て患者たちを写生しては、風のように帰っていったという北斎。あの骨つぎ堂で、肌を露わにした人体から骨格や筋肉を写し取り、川渡りの人足の画に反映して、大評判をとった画家である。

絵師としてのその機知に、感服《かんぷく》せずにはいられない。

鞍之介が駒形に開業して以来、北斎がたまにこちらに姿を見せるようになったのは、あの千住の師匠が、何がしか宣伝してくれたおかげだろう。

その北斎が篤《あつ》く信仰していたのが、柳島妙見堂に祀《まつ》られている北辰《ほくしん》妙見菩薩だった。

それについても面白い逸話《いつわ》を聞いた覚えがある。

十二、三年前のことだが、北斎は妙見様に願をかけ、二十一日間通いつめて満願《まんがん》になった帰路、すぐ近くで落雷にあって、田んぼに転げ落ちて失神したというのだ。以来、北斎の画がめきめき売れ始めたと。

当人は妙見大菩薩の霊験《れいげん》と信じ、さらに画と信仰に打ち込むようになったと聞く。

（うーん、信じてみる価値はあるか）

鞍之介はぜひとも行って、お三に会おうと心を決めた。

お郁の話では、お三はどうやら今、あちらの世界にいるようだ。それを此岸《しがん》に呼び返すには、どうしたらいいか。

八

「おーい、乗せてくれ」

すぐ下の船着場を、渡し船が今にも出ようとしていた。鞍之介はとっさに叫んで石段を駆け下りて、動き出そうとする船に飛び乗った。

お郁から話を聞いてから、丸一日が過ぎていた。

「旦那、珍しいやね」

と言われつつ、数人の客を乗せた船にしゃがんで、首尾良く対岸に渡った。柔らかい冬日の射す、川風のない穏やかな午後だった。

一人で行こうと決心していたが、

「この郁もご一緒させてください」

とすがりつかれて困惑した。お郁としては、自分が行きたいからこそ、鞍之介に打ち明け同道を頼んだのだろう。

だが鞍之介にしてみれば、女連れは厄介だった。

状況を考えると一刻も早く会いたかったし、大店勤めのお郁に、日時を合わせるのは得策ではない。それに柳島まで、倍近く時間がかかるのではないか。

そう考えて、恩あるお郁を無慈悲に振り払った。


渡し船を降りてから、上流に向かって川縁を一町ほど歩く。

本所方面から流れてくる源森川《げんもりがわ》の河口で小舟を雇い、業平橋まで行ってもらうのだ。

その川の両岸には瓦を焼く家々が立ち並び、いつも竈から煙が上がっていた。

そんな風景を眺めながら、業平橋で舟を降りる。ここからは押上村《おしあげむら》を右に見て、北《きた》十間川《じゅっけんがわ》縁の河岸を伝ってしばらく歩く。

この川が横十間川と合流する所に、柳島橋がかかっていた。二つの川に挟まれた広い三角地帯が、法性寺の境内である。

寺の門前に立った時は、西空の夕映の美しい時刻だった。

辺りにはすでに薄い夕闇が漂っていて、川沿いに軒を並べる参詣客相手の料亭や茶店は、すでに軒提灯に灯りを入れている。

汗ばんだ肌に、川の匂いのする冷たい空気が心地よかった。

参詣客が何人か、ぼちぼち橋を渡って来るところからして、まだ閉門には間があるようだ。鞍之介は表門を通って境内に入っていった。

昔、母親に連れられて、二、三度来た覚えがある。

だが、あまり記憶は残っていない。覚えているのは、本堂はこの表門からまっすぐ続く参道の突き当たりにあり、妙見堂は、右手に聳《そび》える立派な建物というぐらいだ。

さすがにもう昼間の賑わいはない。閑散《かんさん》とした境内をしばらく眺めてから、本堂の左手にある庫裡《くり》に向かった。

その入り口近くに、庭番らしい男が竹箒《たけぼうき》を持ち、ごみを掃き集めていた。ごみ籠を幾つも並べて、閉門の準備をしているようだ。

その前を軽く会釈して通り過ぎ、庫裡の玄関の戸を開いた。

九

「ごめんくだされ」

言いつつ広い土間に踏み込むと、染み付いた線香の匂いが鼻をつく。

正面に六畳ほどの黒光りする板の間があり、そこから廊下が三方向に向かって延びている。

「誰かいませんか」

ともう一度声をかけると、足音が左側から聞こえてきた。

「はーい、お待たせしたのし」

と言いながら、小柄な老女が現れた。

「あの、寺務所はこちらですか?」

「へえ、どんな御用で?」

「少々伺います。こちらの御堂に、勤行《ごんぎょう》で籠っている信者がおるはずなんですが、連絡とれますかね?」

とやや強引に持ちかけると、はあ、と老女は奥まった目でまじまじと見返して言った。

「あの、お前《め》さま、お役人さんで？」

「いや、家族に急用を言付かって参った者でして。急ぎ、伝えたいことがあるんです」

「さあ、どうだべかねえ。そういうことは、寺務所のほうが分かりますべ」

と老女は首を傾げ、奥へ向かって誰かの名を呼んだ。

すると奥から、紺の作務衣を着た眉は濃く、エラの張った若い僧が出てきた。

「ご苦労さんでのし。こちらさん、御堂にお籠りの信者さんに連絡したいことがあるそうでの、後を頼みます」

と言って老女は奥へ消えてしまった。

「ええと、勤行中の信者に面会なさりたいと？　あいにくですが、それは出来ませんよ」

「では、私が御堂まで行くなんてことも駄目ですか」

「お籠りとは、俗世間と縁を絶つことですからね。みだりに出入りは許されません」

「それは困った。じゃ、伝言だけでも頼みます」

「さあ、せっかく俗世間から離れているのだから、そういうことも控えさせていただきます。ただ、参考までに、その信者さんのお名前は……」

「はい、お三という若い女《おなご》で、妙見様の熱心な信者です」

するとお三という名に僧はまた首を傾げ、寺務所の入り口を教えて言った。

「あちらでもう一度、訊いてみてくれますか」

もしかしたらお三はここへ来ていないかもしれない。

そう思うと、鞍之介は自信をなくした。ハッタリを利かせたつもりだが、お三がここにいるという根拠は、お郁の推測でしかないのだ。

外はもう暗く、空気が冷え冷えとしていた。

ここまで来たのだから寺務所まで行くしかないと思い、そちらへ曲がろうとした時だった。

何か殺気めいた空気を感じ、ひょいと上半身を曲げて、首を前に伏せた。途端に、ビュッと唸りを上げて頭上を通り過ぎた物がある。

地面に突き刺さったのは匕首だった。

背筋にゾッと冷気が駆け抜け、鞍之介は咄嗟《とっさ》に地を蹴った。

少し離れた松の木まで疾風《はやて》のごとく、宙を飛んだ。

松の木の向こうに立ち、背中を木に押し付けて背後を振り返った。

「何者だ？」

と声を絞って叫ぶ。痩せているががっちりした覆面の男が近くまで駆け寄って、さらに短刀で脇腹に突いてくる。

これも危うく腰を捻ってかわし、手刀を男の手首に叩きつけた。

ウッとごく低い唸り声がし、相手は短刀を取り落として、よろめいた。その足に蹴りを入れようとしたが、足は宙を蹴った。

男はたたらを踏んだがわずか二、三歩で踏み止まり、なお鞍之介に摑みかかってきたのである。

「なぜ私を狙う？　理由を言え、名を名乗れ！」

再び叫んだが、答えはない。

首元を摑んだその両腕は恐ろしく腕力があり、手で振り払おうとしたが、ビクともしなかった。化け物のごとく太い両手で、鞍之介の首の根元をわし摑みにし、グイグイと松の木に押しつけてくる。

息が出来ない。だが顔にかかっていた男の荒い息が、急に止まるのを感じ、その目が闇の中でギラッと光るのを見た。

その日は片目だった。

男が右手をこちらに向けて構えた時、全身の気を集中すると、次の手が見えた。喉元を突いてくる。

その右手が動いた瞬間、ヤアッとあらん限りの気合を発して、素早く全身を沈めた。余人にはウオッと、吠えたように聞こえたかもしれない。

平衡《へいこう》を失ってよろめいた相手の腕を素早く摑み、必殺の背負い投げをくらわせる。男は宙を飛んだ。

そのままその先にあった庭石に落ちかかったら、悪くすると頭を割られただろう。だが鞍之介は寸前に、その着地点をずらした。

男はかろうじて枯れた茂みに落ちた。駆け寄っていくと、男は足を引きずりながら、近くの建物の裏手に逃げ込んでいく。

鞍之介はもう追う気力もなく、荒い息を吐きながらその黒い後ろ姿を呆然と見送った。

この立ち回りを離れて見ていた寺の者が一人、後を追っていく。

東南の空に、鋭い孤を描いて三日月がかかっていた。

誰かが駆け寄ってくる足音が聞こえた。

「はあ？　手前が、あの男とどんな関係かと？」

鞍之介は怒りが冷めやらぬ口調で言い、差し出された柄杓《ひしやく》の水を一気に飲んだ。

激しい立ち回りの後、駆け寄ってきた寺務所の者に水を所望《しよもう》し、玄関土間の上がり框《かまち》に座り込んだのである。

すぐに五十がらみの僧侶が柄杓を持って奥から現れ、名前やら、職業やらをいろいろ訊ねたのだ。

「私は一色鞍之介と申し、骨つぎ師です。神聖なこの境内を、当たり前ながら丸腰で、何の警戒心もなく歩いていた者に、首をめがけて匕首が飛んできたんですぞ。一体、何の因果でこんな目に遭うのか、こちらが伺いたい」

鞍之介は色をなして、声を荒らげた。

「はあ、ごもっともで……」

と僧侶は、長い顎を何度も上下させて、深く頷いた。

「この境内であのような不祥事が起こるとは、まことに残念至極。あの賊については、いま警備の者が追っていますんで、事情についてはご容赦のほどを」

「お分かりいただけたら、お籠りの信者に会わせてもらえますか？」

「あ、いえ、それについては、あいにくと申し上げるしか……」

「事情があるんです、一刻も早く会って話したい。この通りです」

鞍之介は立ち上がって、頭を下げた。

「ともかくお三という女は中にいるんですね？」

「はあ、寒中は、一般の方のお籠りはないんですが、熱心な信者さんだけは。他にもご要望がありましてな」

と相手は声を潜め、鞍之介を覗き込むように見た。

「ただ、おたく様のことは、係から聞きました。ご迷惑もかけましたんで、何がしか便宜《べんぎ》をはかりますよ」

大黒屋事件についての情報は、まだ耳に届いていないようだ。だが背後に何かあると察しての配慮に、鞍之介は頭を下げた。

「それはどうも。文《ふみ》はいいですか？」

「はあ、向こうさんが読むかどうか保証しませんが、信者の私物入れにお届けすることなら致します」

「では今、ここで走り書きしますんで、後はよしなに頼みます」

十

あの日がもう遠い日のように、お三には思えていた。

妙見菩薩様は、あの天の中心にある北極星に宿っておわします。

所願成就のその星に祈りを捧げる他は、何も考えず、何も思い出さなかったのだ。

夜、宿坊《しゆくぼう》に戻って、当てがわれた冷たい寝具に潜り込むと、死んだように眠った。

もうあの浅草今戸に帰らないと思うと安心し、この先この身はどうなってもいいような気がする。

外部との接触をいっさい絶って暮らすのは、こんなに心地良いことだったか。祈って、食べて、眠るだけ。自分が何故ここにいるのかも、何も思い出さなかった。いつの日か、ここを出ることなど、考えられなかった。

有難いことに、寺の人とも口をきかなくていい。

だがここに籠って、そんな安寧《あんねい》に浸かって、何日めだったか、宿坊の渡り廊下の壁に並ぶ自分の私物入れに、二つに折り畳まれた紙片が、何気なく差し込まれているのを見たのである。

ドキリとしたが、無造作に折り畳まれていて、特に封もされていないから、何かの連絡事項だろうと思い、宿坊に持ち帰った。

読んで破り捨てようと紙片を開くと、手燭《てしょく》の灯りで、そこに書かれた太い毛筆の字が目に飛び込んできた。

〝トラ丸は元気。

旦那様は療養中にて、安心されたし。

早く戻って来られたし。

郁（代筆、駒形名倉堂一色鞍之介）〟

あ、と思った。

あの雪の夜、猫を預けた少女の顔が、不意に胸を抉《えぐ》った。

少しつり上がったどんぐりのような目。

〝おねえさん……〟と呼びかけてきた愛らしい声。

猫を抱いた姿がよく似合う、伸びやかな肢体。

今まで思い出しもしなかったことが、順々に思い出された。まるでしっかり巻かれていた巻物がくるくる解けるように、頭のどこかに押しやられていた記憶が、一度に戻って来たのだった。

（ああ、あたしは、何をしてしまったんだろう）

（あの日のお客様は、幕府要人とのみ聞かされた大田原大膳《おおたわらたいぜん》様だった）

旦那の喜左衛門は、かねてから大膳と昵懇《じっこん》にしており、舟遊びやら花火やらで店の船を出す時、お三は必ず酌婦として呼ばれ、よく顔を合わせたものだ。

だが浅草今戸の寮に、大膳が客として招かれるのは初めてだった。

どのような話があったか知らないが、この日、大膳は午後遅めにやって来て、川の見える座敷でこの屋敷の主人と、何やらヒソヒソ話し込んでいた。

宴は七つ（午後四時）ごろから始まり、江戸前のフグ刺し、フグ鍋……と大膳の好物の御馳走が、次々と運び込まれた。

だがお三の出番はもう少し後だった。

「今夜は頼むよ」

と旦那様から声がかかる日は、夜のおつとめである。

客が酒が回ったころ合いに喜左衛門に呼ばれ、お酌して座を弾ませる。気がつけば主人の姿はなく、客と二人だけになっている。

それから隣室に敷かれた一つ床に入る。

未明には持ち舟の船頭又平《またべい》が、客の望みの所まで送っていく。

この接待が始まったのは、お三が十八になった二年前からのこと。気心の知れた女中お郁が、本店に配置換えになり、代わりに四十過ぎの女中がやってきた。

そんな秘密の夜のおつとめを、お三は嫌な顔もせず淡々とこなした。お三にしてみれば、誰に抱かれようと、さして変わりのないことだったからだ。

お三の父は、この大黒屋の有望な二番番頭だった。

だが娘が十三のころ、店の金の使い込みが発覚し、芸者を連れて行方をくらました。

喜左衛門はそれを秘密裏に始末し、まだ美貌の輝きも見せていないお三を、下女として側に置くにとどめたのだ。

母親は気を病んで半年後に他界し、お三は喜左衛門だけを頼りに生きてきた。おかげで旦那様に言われたことは何ごとも、意のままに受け入れる女に育ったのだ。

そのお三が今や、喜左衛門の懐刀《ふところがたな》だった。

大膳はあの日、急用が出来、明朝一番に登城することになっていたらしい。それが決まったのは大黒屋に向かう直前で、宴会を取り消すわけにもいかず、そのまま浅草今戸まで駕籠で乗り付けた。

「あいにくだが、今夜は遅くなれん」

酒が出てからそう打ち明けられ、喜左衛門は残念がって、酒をどんどん勧めた。

折角なので、お三との床入りは楽しんでもらいたかったのだ。

大膳もその気だったようだが、この日は、万事が思い通りにいかず何となく酒が不《ま》味《ず》かった。急に城に呼び出されたのも、何かの不手際があったからと察していた。

「のう、大黒屋、ここには宝物が二つあるな」

厠に立って戻って来た大膳が、急にそんなことを言い出した。

「はあ？　ここに、そんなものがございますかな」

冗談と思い、喜左衛門は笑いながら問うた。

「一つはお三だよ。もう一つは猫だ」

「ははは、殿さまはさすがにお目が高い。今夜は時間が少々足りませんが、存分にお楽しみを」

「あの猫はキジトラだな。今しがたそこで、目の前をよぎったぞ。皮を三味線にすれば、いい値と音が出そうなやつだ」

「またまた……、少し酒が回られましたかな」

この大膳は、酒が過ぎると酒癖が悪くなることが思い出された。

「いや、あれは由緒ありげな猫だ」

「ご冗談を。あれは誰かが、そこらで拾って来た捨て猫ですよ。由緒も何もございません。それより、三味線でもいかがです？」

「いや、生きた猫がいいぞ。わしはこれで猫好きでな。今宵はあの猫を連れて帰りたい」

「猫なんぞ、手前がどうにでも致しますが、今夜は時間がございません。それより、少しお三と遊んでおいでなされ」

「うむ、そうしよう。ただあの猫は、ふん縛って籠に入れておいてくれ……」

十一

お三は、隣室で夜具を整えながら、それを聞いていた。

大膳様は、いかつい顔の気難しげなお武家にしては、冗談好きなところがある。けれども旦那様は、あんなに御酒を勧めなければいいのに、とお三は案じつつ聞いていたのだ。

虫の居所が良くないと、あのお方は人が変わることがある。猫の話が出てからは、手を止め、耳をそばだてた。

「帰りに、みやげに連れて帰っていいか？」

「どうぞどうぞ。あんな野良でよろしければ、如何ようにも……」

カッと頭に血が上《のぼ》った。

なぜそんなことを言えるのか。あれは河原から拾って来た私の猫。旦那様の冷たい仕打ちから、守ってきたのである。

お三は思わず、そっと腰高障子を開けて廊下に出ると、左右を見て猫を探した。旦那様に捕まらないうちに、外に出してしまおうと思ったのである。あのままでは、あの酔っ払いに持ち去られないとも限らない。あのお方には、猫は懐かない。

裏階段から下りて台所に回ってみると、猫は暖かい竈のそばに寝そべって、首をもたげてこちらを見た。

台所には浅草から特別に回されて来た料理人と、この屋敷の賄《まかな》い人とお運びの女中がいて、配膳に気をとられて何か喋っている。

お三はその背後を通って、そっと猫に近づき抱き上げた。

（いいかい、寒いけどちょっとの間、外で遊んでておくれ）

と囁いて裏口の戸を開けかけた時、旦那様が姿を見せたのだ。

「ああ、お三、こんな所におったか。早く上にお行き。大膳様がお待ち兼ねだぞ」

「はい、只今。でも猫が外に出たがっているので、ちょっとお待ちを」

「おいおい、その猫をよこしなさい。殿様がえらく気に入って、もう一度見たいと……」

「いえ、旦那様、お許しくださいませ。トラ丸は誰にも懐きませんから、暴れたりしては大変でございます」

「なに、心配ない、見たいと仰せられてるだけだ」

「いえ、大膳様は連れて行くおつもりですよ」

「おやおや、お三、立ち聞きしたか。あんなのただの冗談、酔っ払いの戯言《ざれごと》だよ」

「でもどうか、猫は外に逃げたと言ってくださいませ。もしお武家様に爪でも立てたら、お手討になりましょうから」

その思いがけない抵抗に、喜左衛門は不快な面持ちになった。

「急に何を言い出すんだ。おい、そこの誰か！　お三から猫を奪って、早く籠に入れてくれ」

「やめてくださいまし、旦那様！　猫は行きたがっておりません」

「何を子どもじみたことを、気でも狂ったか」

「いいえ、正気でないのは旦那様でしょう」

お三は血走った目で台所を見回した。

猫のために奮闘している自分だが、本当は、自分の不甲斐なさにいきりたっていたのかもしれない。自分が奪われたのは仕方ないが、分身と思う猫までも奪われるとは。

私は猫一匹守ってやれない、甲斐性のない女なのだ。

前に飼って川に捨てられた、あの哀れな黒猫が浮かぶ。

包丁立てに小型の出刃包丁を見つけると、駆け寄って取り出した。

もちろん人を殺すつもりなどなかった。猫を奪われそうになったら、これを振り回して追い払おうと思っただけだ。

だが包丁を握った一瞬、何かが自分の中を駆け抜け、めくるめく快感に似た昂揚《こうよう》を覚えた。これが殺意というものだろうか。この男を一思いに刺したら、どんな喜悦《きえつ》を得られるのか。

剣幕《けんまく》にたじろいで、皆は棒を呑んだように突っ立っている。

「どれ、猫をよこしなさい、お客様を待たせるな」

業腹《ごうはら》そうに喜左衛門が近寄って来て、猫を奪い取ろうとした。

「いやっ！　やめて！」

お三は絞り出すような甲高い声を上げ、出刃を構えて相手に体当たりしていった。

私から猫を奪わないで、と言ったのだが、それは喜左衛門の悲鳴にかき消された。

腹の辺りを押さえて頽《くずお》れた主人を支えようとして、思わず猫を放した。猫は自由になり、半開きになっていた勝手口の戸から、外に飛び出して行った。

猫を捕まえてくれたのは、片目の船頭又平だった。

トラ丸をいじれるのは、この寮ではあの船頭だけなのだ。

又平は数年前のある嵐の夜、濁流に混じって流されて来て、近くの河岸に打ち上げられた者である。喜左衛門が助け、医者に見せて助けられたが、何かの代償のように片目を失った。

回復してもいっさい、過去を語ることはなかった。

ただ腕力があって船頭の腕がいいことで、この寮に回され、大黒屋の持ち舟を任されるようになったのだ。

どこの誰とも解らぬ得体の知れない男だったが、猫をことのほか可愛がり、猫に懐かれてもいたので、お三は気を許した。

いつからかお三が、この又平の女主人となったのである。

又平はこの夕方、寮の庭で片付けものをしていて、台所から漏れてくるお三と旦那様のやりとりを聞いた。

逃げ出して来た猫を追いかけてやっと抱き上げたところへ、お三が腕に羽織と頭巾を抱え、血相変えて走り出て来た。

「又さん、急いで舟を出しておくれ！」

「どこへ行きなさる？　もうすぐ雪になりますぜ」

昏れた空を仰ぐと、白いものがチラチラと舞っていた。

「どこでもいいから、舟を出して！　私はもうここにはいられない。たったいま旦那様を殺した。ただ、大川橋でいったん止めておくれ。猫をお都に預けてくるから」

だが胸の内では、そうは思っていない。本当はトラ丸を抱いて、あの黒猫の死んだ大川橋から、飛び込むつもりだったのだ。

舟が下り始めてからずっと無言だった又平が、橋が近づくと、櫓をゆっくり操りながら言った。

「そこで舟を止めて待ちますが、必ず帰ってくだせえよ」

と、お三の胸の内を見透かしたように言った。

「その先は、どこへ行きなさる？」

「…………」

「わしは田舎者でどこも知らねえが、一つだけお連れ出来ますよ。柳島の妙見様だったら、この雪でもへっちゃらでさ」

ああ、とお三は思った。

これまでこの片目の又平に何度、妙見様まで櫓を漕いでもらったことか。そうだ、今はあそこへ行こう、と思った。

十二

そう、あの狂乱の中で、妙見様を思い出させ、そこまで導いてくれたのは、又平だったのだ。

あの夜、猫を抱いて死ぬ気で大川橋に立った時も、欄干から下をのぞくたび、又平の抱える舟燭の灯りが、雪に滲んで見えたっけ。

お三が妙見堂に籠ると言った時、

「それがいいですよ。誰かがお三様を捕えに来たら、わしがお守りしますでな。掃除人に化けて、ずっと近くにいます。誰一人、生きては通しませんよ」

と言ってくれた言葉が今も胸に残る。

しんしんと冷えるこの宿坊で今、そんな又平を、あの通りがかりの少女を、顔も知らないお郁の〝代筆人〟を、そしてそのように計らってくれたお郁を思い、お三はただただ涙した。

この人たちが一人でも欠けていたら、自分はこれまで、生きていただろうか？　たまたまそれぞれが、自分のそばにいてくれたことが、妙見様の御利益《ごりやく》ではないか、と今にして思い当たる。

殺す気がなかったのではない。逆上した時、旦那様を殺したかったことが忘れられない。殺したつもりが、傷つけただけで終わったことを、この手紙は知らせてくれた。

もし殺していたなら、自分も死んでお詫びしなくちゃいけない。

だがそうでなかったのは、妙見様のお導きとしか思えない。私は別の女に生まれ変わって、もう一度生きてみたい。

そう思って、お三はさらに泣き続けた。

翌日の午後、鞍之介は奥の棟に行き、山茶花《さざんか》の茂みが美しい縁側の陽だまりで、トラ丸と戯れているみおを見舞った。

朝食に出てこなかったのは風邪気味だから、と母に聞いたのだ。

「よお、元気そうじゃないか。寝てなくていいのか」

と声をかけると、みおがクリッとした目を上げて、

「あら叔父さまこそ。何かいいことあったみたいね」

と言った。勘のいい子だと思った。

実は少し前、フラリと名倉堂に立ち寄った同心に茶を出すと、美味そうに啜りながら、耳よりの話を聞かせてくれたのである。

お三が今朝、二十一日間のお籠りを中断し、僧侶に付き添われて、奉行所に出頭したという。

「へえ! そうでしたか」

鞍之介は驚き、目を輝かした。今は分からない謎が、これから次第に明かされていくのだろうと思った。

これでお三は大黒屋から逃げられたのか。

境内で襲われたあの片目の賊は、何者だったのか……。

「で、どうなりますか、島送りになりますかね？」

と鞍之介はふと声を潜め同心に問うた。

「さても、気の早いことを。お調べはこれからだぞ。ただ、自ら出頭したんだし、大黒屋は悪運強く……」

言いかけて同心は言葉尻を濁し、茶を旨そうに啜って言った。

「運良く息を吹き返したようだから、厳しい刑にはならんだろう」

鞍之介はすぐに大黒屋まで出かけ、お郁にそのことを伝えたが、未だ不安でならないことがあったのだ。

「……で、猫はどうします？」

と問うと、少し思案してからお郁は恐縮したように言った。

「ご迷惑でなければ、今、預けておいでの所にしばらく置いていただけますか？」

「喜んで。良かったらそのまま飼ってもいいですかね」

お郁は涙ぐんで喜んでくれた。そのことをみおに伝えたかったが、思い止まり、胸の奥に畳み込んだ。

齢《よわい》八つでは、恩ある旦那様を刺し、愛猫を通りがかりの少女に押し付けて去ったお三の心情が分かるだろうか。

大人の女になって、失恋の一つ二つしてからでも遅くはあるまい。

「こら、トラ丸、ここの暮らしはどうだい？　美味いもの食わせてもらってるかな」

猫は無表情な澄んだ目で、じっと鞍之介を見つめている。

だが、ふと気が変わったように喉の奥まで見える大欠伸《おおあくび》をし、背を伸ばして、のそのそとどこかへ消えて行った。

第三話　濡髪《ぬれがみ》

一

「せ、先生、肩を外《はず》してくだせえ」

その若い相撲人は向き合うや、少し吃りながら言った。

腰掛けがわりに差し出した年代物の碁盤《ごばん》に、雲のようにもくもくと太った巨体をどっかり乗せ、両足を投げ出している。

子持ち縞の紺色の着物に、同色の刺し子の長半纏を無造作に羽織っていて、着物の裾からにょっきり出た足は丸太のようで、足袋《たび》は履いていない。

「は？」

相手の言い間違いか、それとも滑舌《かつぜつ》が良くないせいで、自分が聞き違えたか。一瞬迷った鞍之介は、思わず訊き返した。

「骨つぎでなく、骨外しですか？」

「あ、はい、つまり、その……」

と相手はモゴモゴと低い声で、同じことを繰り返した。

窺うように見返してくるその目は細く、突き出た額とふっくらと盛り上がった頬に埋もれつつも、強い光を放っている。

「そりゃ、場合によって骨外しもしないではないですが。しかし、事情を少し聞かせていただかないと……。骨を外しては、相撲は取れませんからね」

明日から両国回向院《えこういん》の境内で、秋の勧進《かんじん》大相撲が始まるのである。

この駒形にいても、市中を練り歩く触れ太鼓があちらこちらで聞こえ、わくわくと気分が掻き立てられている。

昨今の江戸で、相撲が嫌いな者など滅多にいない。期間中に一度は相撲見物に出かけ、そのほとんどが観客のぎっしり詰まった安い土間席で、土俵の立ち合いを遠く仰ぎ見て、楽しんでくるのだ。

多忙な鞍之介は、毎日のように熱狂的に詰めかけたり、贔屓《ひいき》力士の黒子《ほくろ》の数まで調べ上げるようなことはないが、場所中には万難を排して、何とか一回は両国まで足を運ぶ。

従って目前のこの異形《いぎよう》の力士が、いま評判の関脇〝春雷五郎吉《しゆんらいごろきち》〟であることは先刻承知である。

だがこんなに間近に見て、その声を聞くのは初めてだった。

この地にこの接骨院を開いた時、相撲取りからは治療費を取らないこととしている。そんな名倉の心意気を汲み取ってか、近くの相撲部屋から、幕内、幕下にかかわらず、何人もの力士達が通って来ている。

だがそこに、春雷の姿はなかったのだ。

春雷は身の丈六尺四寸の巨体で、二十三歳。

その四股名《しこな》からして、雷鳴のごとき凜々《りり》しい声を発するかと思いきや、その声はぶ厚い肉の奥から発せられるように、低くくぐもって、何とも聞き取りにくい。

その上に滑舌も悪く、北国の、おそらく津軽《つがる》辺りの訛りが入っていて、総じて何を言っているか分からないのだ。

だが今場所では大いに注目され、大関の呼び声も高く、今期最強の力士と目されている。

その期待の裏には、昨今の大関陣には、興行を賑わすための〝看板大関〟が多く、実力が伴わないという不評が蔓延《まんえん》していることである。大一番で白星を上げても、その裏で星の貸し借りや、売買などの噂がつきまとった。

その点、この春雷は、実力で昇進してきた若者で、闘志むきだしのガチンコ勝負で、江戸の相撲好きに人気があった。

どんな引退前の力士でも、恩ある先輩力士でも、これが相撲だとばかり非情に土俵に叩きつける。

そんな春雷が、〝肩を外してくれ〟とはどういうことか。

この快進撃の若者にも、どこかに人知れぬ不具合があるのだろうが、鞍之介にはどうもまっすぐ伝わってこない。

これはもしかして、本人の滑舌の悪さや重い訛りのせいだけではなく、そこに何かしら、話しにくい事情があるのでは？

だから行きつけの骨つぎに行かず、初めての名倉堂に来たのではないか……と鞍之介は想像してみる。

だが骨つぎの仕事をしていると、どんな居丈高《いたけだか》で頑固な患者でも、いずれは虚飾を剝《は》ぎとられ丸裸になって、骨だけの存在に収束する。

だから治療を進めるにつれ、不思議と心を開いてくれるものなのだ。

ならば、どうすればこの春雷の心を開けるか？

そう思案するうち、そういえば、とふと思い出したことがある。

今しがた、そう七つ（午後四時）を少し過ぎたころ、春雷五郎吉の名が呼ばれたので見ると、鴨居《かもい》に頭をぶつけそうな、ギョッとするような大男が、診察場の入口に立っていた。

その時、寸ノ吉の大声が耳に入った。

「せ、関取、猫はいけません、猫は立ち入り禁止ですよ！」

と制止しながら寸ノ吉が駆け寄って来たのだ。関取の太い腕にすっぽり抱かれていたのは、何と、あのトラ丸ではないか。

後で聞くと、どうやら春雷は目立つ力士だったから、誰にも見られないように小舟で裏の船着場まで来たらしい。

そして最後に入るつもりで、患者が皆帰ってしまい玄関が閉まるまで、裏庭で猫と遊んでいたというのだ。

二

「ところで春関《しゅんぜき》」

と鞍之介は声の調子を変えて言った。

「さっき、抱いていたのはうちのトラ丸ですがね、どうにも人に懐かない、愛想なしの猫なんですよ。それがどうして、関取にあんなに大人しく抱かれたものかと……」

「あ、いや、わすは馬の次に猫が好きだでね」

と急に春雷は饒舌《じょうぜつ》になった。

「さっき、そこの古井戸の蓋の上におったんで、おい、おめさん、何て名だ？　こっちさ来いや、てェ具合に話しかけたらノソノソと……」

と身ぶり手ぶりで話したので、鞍之介は噴き出した。

「ははは、それは吉兆《きっちょう》だ、春関、今場所は幸先《さいさき》がいいですよ」

「へえ？」

「あれは、妙な猫でしてね。先のことが見えると評判なんです。きっと春関の顔に、何か見えたんじゃないかな」

もっともらしく鞍之介が言うと、春雷は口許に笑みを浮かべ細い目を輝かせて、何かぶつぶつ呟いたがよく分からない。

「ま、それはともかく春関、肩はどうしますかね？」

「………」

春雷はまた真面目な顔になり、先ほどと同じような探る目つきで、盛り上がった肩越しに周囲を見回した。

「実はここではちょっと、喋りづれえ事情があって……」

「いや、今日の治療は終わったんで、待ち合いにも治療場にも誰もおらんですよ。ま、どんな内容でもここだけの話だ、良かったら聞かせてもらいましょうか」

三

「済まねことで……、実は、その……」

春雷はもじもじしていたが、決心したように、投げ出していた足を引っ込め、身を乗り出した。

ぶ厚い唇を舐め、きっちりと結い上げてつやつや光る髪に小指をつっ込んで掻き、咳払いをしたが、なお口を噤《つぐ》んでいる。

この時には鞍之介もようやく頭が回って、相手の考えに追いついていた。初めは微かだった疑惑が、急に膨れ上がった。

それは〝拵《こしら》え相撲〟というやつだ。

「まさか、例の……」

と言いかけると、相手は小さく頷いて、独り言のように言った。

「ここだけの話だが、義理ある人さ頼まいだんで……」

「え？」

〝義理ある人に頼まれた〟と言っているのか？

鞍之介は驚きとも溜息ともつかぬ声を上げた。他ならぬこの春関の口からそれを聞くとは思わなかったのだ。

「それは、うーん、一体どこのどなたかな、よりによって、このお堅い関取を悩ませているのは」

「怒らねでくだせえ、名前は訊かねでほしい」

「それは分かった、しかし……」

鞍之介は頷いたが、なおも言った。

「で、引き受けたんですか？」

「いや、返事はまだだが……」

と春雷は、ひと回り小さくなったように身を縮めた。

「仕方ねんです、勝つわげにいがねっす。ただ……」

自分が拵え相撲を取ったなんぞと、世間には絶対知られたくない、とボソボソと言った。

鞍之介は、改めて俯《うつむ》いたその一徹《いってつ》そうな浅黒い大きな顔をまじまじと見て、かの伝説の人を思った。

雷電爲右エ門《らいでんためえもん》だ。

この偉人が亡くなって、二年になる。雷電が江戸大相撲に名乗りを上げたのは、相撲が庶民に人気を博し、歌舞伎、吉原遊廓に並ぶ三大娯楽の一つとして定着しつつある時代だった。

ただそのころは、相撲は娯楽の面が強かったから、勝敗よりも見せ物として楽しまれ、星の貸し借りや裏取引などは、当たり前のように横行《おうこう》していたのである。

だが雷電はそうした拵え相撲には見向きもせず、同じ志を抱く力士と共に真剣勝負を重んじることで、心ある江戸っ子に支持され、雷電王朝を打ち立てたのだ。

大江戸相撲が本来の魅力を回復したのは、雷電のおかげである。その再来を思わせて世情を沸かせているのが春雷だが、その希望の星が、もはやこんなもろさを見せるとは。

やはり雷電には及ばんか、と思わざるを得なかった。

「なるほど。それは分かりましたがね」

「はい、わしゃァ不器用だで、負けるべェとして負けると、すぐお客に見破られでしまう。だはんで、何とか本物に見でもらいたくて」

「つまり、前もって肩の骨に細工しておき、その場で外れたように見せかけたいと……？」

春雷は間《ま》が悪そうに頷いて、俯いている。

「手がこんでますねえ。しかしどうも、春関らしくない」

「…………」

「自分ごとき骨つぎ風情《ふぜい》が言うのも口はばったいが、まあ、一言言わせてもらえば、土俵に浮世の義理を持ち込むのは、いかがなもんですかねえ。いえ、私らは、義理に囲まれて生きてるせいで、土俵だけは違うと思いたいのかな」

「へえ」

「相撲会所あたりの親方衆に言わせりゃ、相撲は娯楽だからと割り切ってますよね。お客さんは、裏事情を分かった上で、勝負を楽しんでいるんだからと」

子どもからお年寄りまで、江戸っ子から田舎者まで、多くの人に楽しんでもらうには、そう本気本気のガチンコでやらん方がいいのだと。

うっかり真剣勝負の尊さを口にすると、

「ここはお江戸の真っ只中だ、江戸っ子らしい洒落《しゃれ》っ気を出さんか」

と叱咤《しった》されるという話を聞いたことがある。

そんな説を、鞍之介も分からないではない。

江戸庶民や地方から出てきた客は、何よりも、雲つく異形の男の群れを見たいのだ。並外れてでかい巨人が、神と神の戦いのように組み合って勝負することに胸を躍らす……。そのように、土俵を楽しめればそれで良いのだと。

たしかに相撲は面白い見せ物だが、誰もが願う無病息災《むびょうそくさい》、五穀豊穣《ごこくほうじょう》も、真剣勝負で戦うからこそ、叶えられよう。なあなあ芝居で星勘定ばかりしていては、そこに神も宿るまい。

鞍之介はそう思う。

「自分は何かこう、神聖な瞬間を見るために相撲を観てるような気がしますよ。それは春関も同じでしょう？」

「うん、その通りだなや」

と春雷は繰り返し頷いて、その目を赤く充血させた。

「知っての通り、わしはガチンコ相撲すか出来ねえす。こすらえ相撲なんて出来るはずがねえんです」

今まで低い声でボソボソ言っていたものが、気分が熱してか、俄《にわか》に声が高くなった。

「だはんで、肩外さねえどいけねんで。負けることに手ェ抜けば、たちまち見破らいで袋叩きになりますで。そうなったらお終《しめ》えだなや」

「…………」

「だから、先生にお願《ねげ》ェしたんです。骨にかげちゃ江戸一番の名倉堂だ、ここは何とか……」

鞍之介は呆れて、相手の顔を見つめた。

春雷はもうすっかり観念し、誠実にしっかりと、バレないように負けようと決め込んでいる。

四

「しかし骨を外したまま、土俵に立たせるわけにはいかない」

と鞍之介は思わず言っていた。

「そもそも危険です。相手がどんな手で襲ってくるか分からない。いきなり張り倒されて、ぶっ飛んだらどうします？　軽く肩を外したつもりが、もっと大きな怪我につながりかねません」

「………」

「せっかくですが、いろいろ考えると、どうも私の任じゃなさそうだ」

と鞍之介は立ち上がった。すると観念したように春雷も立ち上がり、本日の〝治療代〟を問うたのだ。

「いや、今の話は聞かなかったことにしますんで、ここで打ち止めで、お代もなしです」

「……ごっつぁんです」

とあっさり一礼し、のし、のしと、ゆっくり部屋を出ていく後ろ姿を、鞍之介は複雑な気持ちで見送った。

「寸ノさん、そこの待ち合いにある番付表を持って来てくれ」

春雷が玄関を出ていく音が聞こえるや否や、声をかけた。

番付表は、ここに出入りする相撲人らが、ここで待つ患者らへの宣伝と心得て、とうに何枚か持ち込んでいた。

だが番付表を見るまでもなかった。

春雷を悩ませている相手の力士が誰か、話の途中で、大方の見当はついていたのだ。待ち合いでは、目前に迫った今場所の予想でもちきりで、いやが上にも情報が耳に入ってくる。

中でも皆の口の端《は》に上《のぼ》っているのは、中入り後に対決することになる、新大関濡髪《ぬれがみ》と関脇春雷の一番だった。

濡髪は信州《しんしゅう》小諸《こもろ》出身の郷士で田中惣次郎《たなかそうじろう》といい、今を盛りの二十八歳。客を喜ばすためには拵え相撲も辞さぬ悪役ぶりで、逆に人気のある力士である。

小諸の米問屋の倅で、その丈六尺五寸の大男ぶりと、米二俵を平気で両肩に担ぐ怪力が聞こえて、小諸藩に召し抱えられたのだ。

そこでは大田中《だいでんちゅう》の名で呼ばれ、藩の武道稽古場で、武士として相撲の特訓を受けた。

江戸に出て両国の相撲部屋に入って初土俵を踏んでから、めきめきその異才を発揮した。ここでも〝大田中〟を正式の四股名として、とんとん拍子に昇進した。

前場所で優勝し、大関になったばかりだが、春雷に負けて一敗を喫し、全勝優勝とはならなかった。

だから今場所では、どうしても負けられない相手が春雷だ。

さらにこの場所が終わると、濡髪の有力なタニマチで大手呉服問屋『丸菱屋《まるびしや》』の娘お志乃《しの》との、花燭《かしよく》の典《てん》が控えている。

何としても今度は全勝優勝し、祝杯と祝い金三十両と化粧まわしをせしめて、花嫁への土産にしてほしい、と周囲の期待が一身に寄せられている身だった。

女性に人気が高いのは、春雷のように腹の肉がもくもく盛り上がったあんこ型ではなく、四肢の均整が取れた金剛《こんごう》力士だからである。

小諸藩お抱えとして帯刀《たいとう》を許され、二本差しが、この威風堂々《いふうどうどう》とした体軀に、当然のように収まった。

いつもどこか人を食ったように唇の端に不敵な笑いを浮かべ、それが相手を見下すようで、ひどく不遜《ふそん》な印象を与える。

だがそれがまた、人気を高めた。大銀杏《おおいちょう》が実によく似合う男前だったから、悪役として胸がすくようなのだった。

鬢《びん》付け油でこってりと仕上げた髷《まげ》が、水も滴るように黒く濡れ濡れと頭に張り付いているのが、〝濡髪〟と呼ばれる所以《ゆえん》である。

今や正式に〝大田中〟が呼ばれるのは、土俵での呼び上げの時だけ。いつからか、濡髪惚次郎で通るようになっていた。

巷《ちまた》では、この濡髪と春雷の勝負に、大金が賭けられていると噂されてもいる。

「うむ、もし拵え相撲があるとしたら、この取組かな？」

と鞍之介は、寸ノ吉が持ってきた番付表をざっと見て言った。自分と春雷とのやりとりを、隣室ですっかり聞いていたのを知ってのことだ。

「おや、そうですか？　自分にはそうは思えませんねえ」

意外にも、寸ノ吉はニキビ顔を膨らませて反論した。

十代のころの寸ノ吉は、国許の房総《ぼうそう》で草相撲の強豪だったそうで、相撲には今も人並み以上の関心を抱いている。待ち合いに相撲人が現れると、幕内、幕下にかかわらず何かと話しかけては、親しくなり、ついでに相撲の情報を集めるのだった。

「ほう、どうして？」

「だってあのガチンコの春雷が、こんな誰もが大騒ぎしてる取組で、そう簡単に拵え相撲を取りますかね」

「それもそうだが……」

「相手は、濡髪とばかりは限らんでしょう」

「ふーん、しかし……」

鞍之介は仕事着を脱ぎながら言った。

「しかし、そうであれば、義理あるお人とは誰のことかな？」

「そりゃ師匠、力士ばかりとは限りませんよ。春雷関のタニマチの『玉川屋《たまがわや》』じゃないか、と考えられんでもないでしょう。あの春雷関と玉川屋の関係についちゃ、ちょっと面白い話がありますよ」

五

寸ノ吉の話によると――。
のちに春雷となる五郎吉は、陸奥《むつ》は浪岡《なみおか》の在の、貧しい農家の五男坊だった。二歳ですでに体重八貫《かん》の巨大児で、そのあまりの大食いのため親は育てられず、七歳で奉公に出された。

だがやはり、朝食でお櫃《ひつ》一杯、味噌汁五杯は平らげる〝ムダ飯食い〟を嫌われ、奉公先を転々とした。馬方《うまかた》の家では、大人並みの世話上手が重宝《ちようほう》されたが、結局は親の迎えがあり次第引き取られることになった。

しかし迎えに来るはずの母親は、ついに現れなかったのである。

ただ有難いことに、陸奥は相撲が盛んな土地柄だった。

夏の間は地元の草相撲や、藩が主催する相撲大会がよく行われ、ここで優勝すれば、弘前《ひろさき》藩に〝御旗《みはた》の者〟として召し抱えられる。

そこでは腹一杯食べられるし、成績が良ければお抱え力士として江戸入りし、晴れの舞台に立てるのだった。

だがたとえそこまで力及ばなくても、軍夫《ぐんぷ》として食糧や武器の荷役や、城の修理の仕事があり、〝食いはぐれ〟はないのだ。

ともかく食べたかった。

十一のころから十六と偽って相撲大会に出場したのは、腹一杯食べたかったからだ。

ただそこで何度か優勝したのだが、幾ら待っても、何のお達しも来なかった。

その理由はこうだった。悪童仲間と付き合い、畑の作物を盗んだり、店先の野菜を掻《か》っ攫《さら》ったりしたその素行の悪さで、名主《なぬし》や村年寄に嫌われ、書いてもらうべき推薦状を書いてもらえなかったのだ。

それどころか、この村でも起こった打ち壊しの首謀者に、五郎吉が仕立て上げられかけたことがあり、お上にもその悪名が轟《とどろ》いていたのである。

そんな十二歳の夏、五郎吉は、宇都宮《うつのみや》に向かう炎天下の奥州街道筋を、江戸へ向かって歩き始めた。村を逃げ出したのだ。

「ここにいては駄目だ」

と、ある日、天啓《てんけい》が閃いた。

自分の力で江戸に出て、相撲部屋に転がり込むしか道はないと。

そう悟って着の身着のまま、奉公先を飛び出したのである。怪力と巨体を生かして、途中で荷役をしたり馬を引いたり畑仕事を手伝って、日銭を稼いだ。農家で重宝され、二、三日泊めてもらったことも、引き止められたこともある。

神社の境内で寝たり、仕事先に泊まったりして、ほぼ一月《ひとつき》かけて奥州街道を宇都宮近くまで、上って来た。

その日は昨日から何も食べておらず腹が空き、喉が渇いていた。

そんな時、たまたま目に入ったのが、通りすがりの茶店の縁台に出ていた冷やし汁粉の椀だった。

日傘の下に置かれたそれは涼しげで、なぜかそばに誰もいなかったから、腕を伸ばしてそれを奪い、がむしゃらにかき込んで逃げ出した。

すぐに追いかけてきた屈強な職人ふうの男に捕まり、陽に晒された渇いて埃っぽい大道に転がされ、殴る蹴るの仕置きを受けた。

それを見かねてか、そのうち周囲に集まった物見高い見物人の中から、商家の若旦那ふうの男が出てきて割って入った。

「これで許してやってくれ」

と懐から出した二分銀を渡して引き取ったのである。

それが今、春雷の有力なタニマチとなっている玉川屋猪太郎《いたろう》だったのだ。商用で宇都宮まで丁稚《でっち》を連れて来ており、親戚のいる近郊の村まで出かけて一泊した翌朝、その現場に巡り合わせた。

「いや、わしが助けたのは、可哀想だったからじゃねえ」

と猪太郎はこれまで何度となく人に言った。

十六、七、いや年齢不詳に見えるそのドでかい怪童《かいどう》が、屈強そうな見かけの割に、あまりに殴られっ放しで、無抵抗なのが不思議だった。

そればかりではない。丸みを帯びた柔らかそうな少年の体に、男の無骨な鉄拳が容赦無く食い込むのを見ていると、弾力のある、いい身体と思えたのである。

「まあ、不遜な言い方になるかもしれないが、実は目を瞠るほど面白かった。坊が自分の非を認めてるのは分かるが、歯痒かった。殴り返す姿を見せてほしかったよ。そもそも……」

汁粉を盗み食いする程度のことが、こんなに殴られるほど罪深いことか？　図体《ずうたい》はでかくても、まだ食べ盛りの餓鬼《がき》ではないか。

こんな腹の小さいシケた大人の一人二人、その丸太ん棒のような腕で、殴り殺すことも出来ようではないか。

歯嚙みをした猪太郎は、少年と二人だけになった時、

「坊は強そうに見えるが、相撲はやらんのか？」

と問うと頷いて、少しだけ……とはにかんで答えた。

「少しとはどのくらい？」

「相手ば土俵に叩き込んで、土さ這わすぐれえ」

「じゃ今、なぜそうしなかった？」

「ケンカすりゃ腹が減るで」

と腫れ上がって血が流れた唇を舐めて、ニッと笑った。

「なに、そのうち木戸銭《きどせん》取って見せてやらァ」

この子は愚鈍《ぐどん》そうに見えるが、どうして、見た目とはだいぶ違うぞ。猪太郎はそう思い、胸が躍った。

「坊は、幾つだ、十六くらいか？」

「おら、そったら大人じゃねえ、十二だ」

「十二か、でかいな」

猪太郎は目をむいて、思わず言った。

「わしと一緒に来るかい？　腹一杯食えるぞ」

「おじさん、だれ」と訊き返されるかと、猪太郎は構えた。

だが怪童は何も訊かず、その細い目に涙を溢れさせ、頷いていた。

（この人が人買いでも、構わない、自分を拾ってくれたこの人について行こう）

と思ったのだと、後で聞いた。

六

この年の秋場所初日は、からりと晴れて暑かった。

早朝から回向院門前の高櫓《たかやぐら》で打ち鳴らされる寄せ太鼓の音が、江戸中に響き渡り、回向院は大層な人出だった。

境内に毎年組み立てられる仮設相撲小屋は、葦簀《よしず》張りだが、土間席と二階、三階までの桟敷席《さじきせき》を含めて、およそ一万人を収容出来る大きさである。

これが十日間続くから、一場所で十万人が動く計算だ。

高櫓で打ち鳴らされる櫓太鼓は、四方の町々に音を響かせて、聞く人々の心を掻き立てた。この巨大な相撲場の観客に囲まれて、濡髪も春雷も、揃って初日を鮮《あざ》やかな白星で飾った。

相撲小屋を埋める観衆は、金に不自由しない道楽息子や、武士や、富商ばかりではない。少ない休みをやりくりして来る町方や、飲み代を惜しんで金を作ってくるその日暮らし、女に貢がせた金でやってくる浪人者……と千差万別である。

そのほとんどは土間席だったが、土俵をつぶさに見て来ては、あちらこちらで相撲談義に花を咲かせ、この日はどこもかしこも相撲で持ちきりだった。

だが鞍之介は相変わらず治療場で、遠い寄せ太鼓を聞きながら、骨つぎ稼業に営々と勤《いそ》しんでいた。

ただこの五日後には、相撲に詳しい人物と、竹ノ家で一献《いっこん》傾ける約束があって楽しみにしている。

相手は高坂杢兵衛《たかさかもくべえ》といい、西国《さいごく》のある藩の江戸留守居役だった。

以前はその藩の相撲奉行をつとめていたが、その相撲好きは、相撲奉行になる前からだったという。江戸詰として藩邸暮らしをしていたころ、職務が忙しくても場所が始まると、両国回向院に通っていたことがばれ、厳しい叱責を受けて、国許への帰還命令が出された。

ところがその時、現役の相撲奉行が病で倒れ、あいにく場所が始まる前だったから、相撲通の杢兵衛が急遽、代役に抜擢された。それが受けて後に相撲奉行に昇進したという。

「〝悪癖〟転じて〝特技〟となった。何が幸いするか分からんな」

が、杢兵衛の口癖である。

鞍之介は年に二度、相撲の寄せ太鼓が聞こえ始めると、どちらからともなく誘い合って呑むのだが、今年は先方から先に、伺いの手紙があった。

それを見て鞍之介は、これ幸いと心弾む返事を認《したた》めた。

「先生、肩を外してくだせえ」

という言葉は未だ鞍之介の耳に残って、何やら声を発している。その申し出は断ったものの、春雷はあれから計画を断念したか、別の骨つぎに依頼したか。気になって仕方がなかった。

そんな時の、李兵衛からの酒の誘いである。

「そうだ、近くに相撲の見巧者《みごうしゃ》がいるではないか」

と、救われたような気がした。

李兵衛は今は四十の坂を越えたが、知り合った時は三十九。

その年の春場所で、藩お抱えの力士が土俵際で転がされ、膝を捻って立てなくなった事故があった。

その対戦相手が、いま話題の春雷だった。

四つに組んで両まわしをとり、膝をじりじり相手の内股に入れ、乗せるようにして吊り上げ、ヤッとばかり投げ飛ばす。〝櫓投げ〟なる巨体怪力の春雷お得意の大技で、場内はドッと沸いた。

だが投げ飛ばされた力士は骨折して、動けなかった。

その時たまたま土間席で、鞍之介が観戦していたのを、顔見知りの力士が目ざとく見つけ、支度部屋に呼ばれて手当てを頼まれ、応急処置をとったのである。

その時そばで見ていた奉行の高坂杢兵衛は、その手際の良さに感銘し、親しく言葉をかけてきた。治療代は受け取らなかったこともあり、その後、近くの相撲茶屋に招かれ、一献ご馳走に預かった。

付き合いが始まったのは、それからである。

見たところもっさりしているが、どこか鋭い杢兵衛と、鞍之介はウマが合い、親しくなった。

とはいえ、相手はお武家様。市井《しせい》の一介の骨つぎ師と、呑み友達などと軽く言い合える立場ではないが、変わり種との〝呑み友達〟という関係を、杢兵衛は楽しんでいるようだった。

今回も手紙に、こう記されていた。

『……久しぶりに竹ノ家のおかみの顔が見たくなったから、以下に記す日、相撲を見た後で、大川橋まで参ろうと思う。貴公の都合は如何か』

それは、濡髪と春雷の取組のある日の前日だったため、鞍之介は喜んで受けたのである。

「……だいぶお待ちでございますよ」

玄関まで迎えに出たおかみは心配そうに囁いた。

その日も、出かける前に患者が運ばれてきたため、鞍之介は約束の時刻に遅れ、杢兵衛を待たせてしまったのだ。

川沿いの部屋に入ると、挨拶もそこそこに平蜘蛛《ひらぐも》のように手をついて遅刻を詫びたが、杢兵衛は、

「いやいや、半年ぶりだ、まあ吞めや」

と日焼けした顔を素朴に笑み崩し、鷹揚《おうよう》に言った。

「あ、酌は手前にさせてくだされ」

「いや、いいじゃないか、まあまあ……」

と互いに銚子を取り合って、やっと猪口《ちょこ》に酒が入った。

話はすぐに、今日の取組の話題になったが、土俵を観ていない鞍之介に、杢兵衛の実況はいつもと変わらず面白い。

吞みながら一通り聞き終えて、

「春雷関の、今場所の仕上がりはどうですか」

と鞍之介は何気なく問うてみた。

「おお、春関か、明日は大関を懸けた場所だな。うん、あの力士は勢いがあっていいねえ。まさに今が旬の、〝旬関《しゆんぜき》〟だ」

などと言って笑わせた。

「あの巨体は、いつ見ても転がる鞠《まり》のようだ。強靱《きようじん》な足腰と、柔らかい肉体を、若い力が自在に動かしておる。今が大事な時だ。転がって弾んでおるうち、強い力士に食らいついて暴れることだ」

その大事な時を迎えた力士の、〝肩を外してくだせえ〟の話を、鞍之介は言外無用と念を押して、打ち明けた。

七

「ほう、思い切ったことをのう。気になる力士とは思ったが……」

意外そうに杢兵衛は言い、首を傾げた。

「藩のお抱え力士なら、いわく言い難いところがあるんだがな。お抱えであれば、藩の威信《いしん》がかかっておって、どうしても負けられない時がある。藩同士の星の貸し借りは、当たり前みたいなもんさ。その点、春関はお抱えじゃなかろう。自由がきくんで、そんな悩みはそう多くはないはずだがな」

「でも、かの負けなしの雷電は、お抱えでしたね」

「そう、雷電は雲州松江藩《うんしゆうまつえ》のお抱えだったが、藩主の松平不昧公《まつだいらふまいこう》が偉かった。ご自分が趣味人だけに、武士に取り立てた力士に、思い通りの相撲をさせたんだ。それで雷電は貸し借りに左右されず、その天与《てんよ》の才を発揮することが出来たんだよ」

李兵衛は、猪口をあおって言った。

「春関は明日、濡関との取り組みだね。今場所の最難関だが、まさか怖じけづいたわけでもあるまい」

「やっぱり、肩を外す相手は、濡髪関ですかね」

「うーん、たぶん。濡髪は何というか、〝天晴れ《あつぱ》〟の力士だからな」

えっ、と思った。

「その天晴れとは、どういう意味ですか？　濡髪はどうも摑み難いところがあっていけません。相撲は強いが、態度も横柄だし……」

毀誉褒貶《きよほうへん》の力士である。

いつも何かしら良からぬ噂がつきまとうが、にもかかわらず女性に人気があるのが、分からないところだ。

「うーん、たしかに、どこか暗い点があるがな。それでいて颯爽《さつそう》としている。そこが天晴れと思わんか？……いや、おぬし、わしに何を言わせる気だ」

と笑ったきり何とも答えず、黙って猪口を空《から》にした。

「まあ、何のお話でございましょう、蒟蒻《こんにやく》問答のようですけど」

と少し遅れて現れたお島が、口を挟んだ。その仄《ほの》かに甘い香料の香りが、俄に座を華やがせた。

「今日はどなたが来られても、明日の濡髪と春雷の対決のお話ばかりですね。春関にさる筋から大金が積まれたって、本当でございますか？」

とおかみは、真相を聞き出そうと杢兵衛を見つめた。

「さる筋とは、タニマチのことでしょうか？」

「おいおい、そんなこと、わしに分かろうはずがない」

迷惑そうな口調だが、杢兵衛は上機嫌だった。

「ただ、春関は拵え相撲は、受けないことになっている。ただ、正義の味方は逆に恨まれることがあるんだ。雷電と同じ不味公のお抱えに、釋迦ケ嶽雲右衛門《しやかがたけくもえもん》という大関がおった。身長は雷電よりでかく、なかなか強い力士だった。それが二十七の若さで、腹の病（腸閉塞）で死んだと。だが毒を盛られたとも囁かれている。拵え相撲をいっさい断ったことで、博打打ちの胴元に恨まれたそうだ」

「というと、春関はそれを恐れ……」

「いやいや、それは分からん。春関の肩外しは、わしには分からん」

「………」

「ただ濡髪のことは分かる。あの悪役ぶりが、天晴れなのだ。春関にも、この力士に似たようなしぶとさがあれば……おっと、話がそれた。濡髪には、こんな逸話もあるぞ」

あるお盆の季節、部屋に入門したての十七になる新入りに、普通はまだ許されない〝藪入《やぶい》り〟が、なぜか許された。新入りは喜んで帰郷したが、その直後、部屋の金が少し紛失していることが判明した。

外は雨だったが、兄弟子の濡髪が、同輩と共にすぐに追いかけ、街道に出る手前で追いついた。胸ぐら摑んで鉄拳をくらわし、吹っ飛んで倒れ込んだところへ、でかい濡れ草履の足が頰を思い切り踏みつけた。

金を奪い返すと、もう帰ってくるなと言い捨てて、引き上げた。

「あいつはもう相撲部屋には戻らんな」

と皆は言い合ったが、藪入りが終わると、ひょっこり帰ってきた。ただひたすら謝って復帰したが、後になってこう語ったという。

濡髪の一発めの鉄拳は失神しそうに痛かったが、後は見せかけで、頬を踏み躙《にじ》った濡れ草履は、ほんの掠《かす》る程度だったと。

「この濡れ草履の柔らかい感触が、忘れられなかったと。その弟弟子は今、十両として活躍しておる」

「あの濡関にもそんな裏話があるとはね」

鞍之介は苦笑した。

「ただ、今場所の濡関は、どうしても勝たねばならんセッパ詰まった事情がある。今場所が終わると、花嫁さんを貰うそうだ」

「え、そんなこともご存じなんで?」

「わしの地獄耳を知らんかい」

と李兵衛は笑った。

「相手は丸菱屋のお嬢さんで、日本橋の小町娘だそうだぞ。濡関にぞっこんのあまり、幾多の競争相手を抜いて掻っ攫ったそうだ」

「関取が小町娘を掻っ攫った、んじゃなく？」

「あちこちで開かれる勧進相撲を、片っ端から追っかけまくったそうだ。女から望まれるとは、男の中の男……。今度の一番だけは、どうしても負けられんだろう」

そんな強運の濡髪に、春雷は何の義理があるのだろう。

今度のことはやはり、春雷のタニマチ玉川屋への義理ではないか、と鞍之介は推測した。あの玉川屋から頼まれたら、断れまい。

「ところで二、三年前だったか、濡関が、小伝馬牢《こでんまろう》にしょっ引かれたって事件があったでしょう。あの真相は一体、何だったんで？」

「ああ、あれは酔っ払っての不行跡《ふぎょうせき》……という話だが」

「結局、濡関側が手を回してもみ消してしまったとか」

「うーん、わしが町奉行だったら、どうだったかな。奉行は奉行でも、相撲奉行じゃ頭の蠅《はえ》も追えんが、ははは……」

鞍之介は、お島と、目を見合わせた。

すでに相当、酩酊《めいてい》しているようだ。

そろそろ藩から迎えの駕籠が来よう、と言い合ったちょうどその時、腰高障子の外から、若党の声がした。

「高坂様、お屋敷から迎えの駕籠が到着してございます」

「ああ、来たか。うん、ちょっと待たせておいてくれ」

李兵衛は夢から覚めたように顔を上げ、廊下の向こうから上がってくる川音に耳を澄ました。

八

六日めの朝は前夜からの雨も上がって、気持ちよく晴れ上がった。

両国回向院から櫓太鼓の音が威勢よく響き渡り、大川も両国橋も早くから活気づいていた
早朝の薬作りも朝食も終えて、開院まであと四半刻（三十分）ばかり。洗面所で漱《くちすすぎ》をし、自室に戻って治療衣に着替えていると、襖の外から、先生、と寸ノ吉の声がした。

「先生、かの関取がまた来てますよ」

と声のでかい寸ノ吉が、この時ばかりは囁くように言った。

先ほど門番で雑用係の和助が庭掃除をしていると、あの春雷が裏庭にいて、猫と遊

んでいたという。和助に気付くと、一番に来たので玄関が開いたら一番に呼んでくれと頼んだと。

「本当か」

息を呑んだ鞍之介の頭に、稲妻のように走ったことがある。

昨夜の別れ際に、酩酊した杢兵衛が酒臭い息を吐きかけて、耳元で囁いた言葉である。

「鞍さん、明日の朝、また来るかもしれんよ」

「誰が？」

「春関だ」

まさかと思った。この酔っ払いが、いい加減なことを口走って、と。

しかし今日は濡髪との対決の日。……とすると、春関はまだ諦めきれず、やる気なのか？

この時になって、昨夜あれから駕籠を待たせ、杢兵衛が語った酔っ払い談義が、おぼろに甦った。

「ああ、もうそんな時間か。今夜の話はここまでじゃ」

と杢兵衛が立ち上がろうとしたが、鞍之介が食い下がった。

「そりゃないな。このままじゃ今夜は眠れませんよ」

この人物ははぐらかしの名人だから、何か隠しているかもしれないと思ったのだ。

「どうして春関が明日来るんです？　濡関の不行跡って、何なんですか？」

とさらに問うと、杢兵衛は笑って言った。

「いや、大川の本所辺りが、河童の名所だって話はご存知であろう」

「河童？　〝おいてけ堀〟は知ってますがね」

言われるまでもなく、本所、両国辺りは川と掘割が多い。

どこも葦にびっしりと囲まれ、犬猫の死体ばかりでなく、時に人間の死体も浮かぶ水の町である。夜ともなれば人影も途絶え、まさに〝本所七不思議〟の世界になるのだった。

「そうそう、この大川橋の近くにも、河童の縄張りがあるようだ。水戸《みと》藩の屋敷がある辺りだよ」

「あ、源兵衛《げんべえ》橋ですか」

「そう、去年、あの辺りに源兵衛河童がいたとかいないとか。ま、そんなことはどうでもいい。あの夏は暑くてのう、夜更けになると、両国橋から上流の岸辺に、夕涼みの河童が出るという噂が立った。恐ろしくデカい真っ黒な河童が、大きな荷物を背負ってあの川辺を歩いていると」

「…………」

「荷物の中身は死体じゃないか、と怪しむ者がいた。近場で夜釣りを楽しむ釣り人が、河童が死体を縄張りまで背負っていくと通報した」

「…………」

「ははは、夜も更けた、結論を言おう。噂が噂を呼び、奉行所の肝試《きもだめ》しもかねて、ある夜、剛の者を募って河童退治と相なった。ところがその網にかかった河童は、そりゃでかくてな。何と、濡髪河童だった」

「えっ、河童と間違えられたと？」

そういえば濡髪の相撲部屋は、たしか両国橋に近かったっけ。

「うむ、モノの本によれば、河童は力自慢で、相撲を取るのが好きなんだそうだ。もしかしたら濡関は、河童に頼まれて相撲指南をしておったんでは？　だからあのようにいつも髪が濡れておるんだと。これがわしの説じゃが……はははは」

「よし、勝手口から入ってもらい、治療場にお通ししろ」

そして、これからやるべきことをじっと思い巡らせた。

廊下を曲がった先の治療場に入ると、春関は、床几《しょうぎ》がわりの碁盤台にどっかりと腰を下ろしている。思わず緊張した声で言った。

「や、今日はまた早いお着きで」

「いや、早ぐから済まんごとで」

「それより、一体どうされた？」

「へえ、あれからよぐ考えだけんど、やっぱり、やってもらいでと思い……これからやってもらえるべかの」

「今、これから？」

春雷は黙って頷き、寝不足らしい細い目で見返してくる。

鞍之介は驚きを隠せなかった。前回、あれだけはっきり断ったはずなのに、何も反省することはなかったのか。

「うむ、出来んことはないが……」

と鞍之介は、春関の固く盛り上がった右と左の肩を触り、

「ただ、断っておきますが、今やれば、取組前の体ほぐしなんか出来ませんぞ。それと、勝負が終わったらまたここへ来て、肩を戻さんといかんです」

「そったらことは覚悟の上だで、かまわんです」

そして俯いたまま、義理ある相手には、拵え相撲はきっぱり断った。金は動いていないし、先方もそれを納得したのだと。

「だが……わしは負けてえのだ」

と言った。自分は自分だけの理由で、今日は負けたいのだと。

鞍之介は首を傾げて、千住の師直賢を思い浮かべながら聞いていた。師はいつか、何か似たような、気に染まぬことを患者に頼まれたことがあったそうだ。だが黙って引き受けて、丁寧に、最後までやったというのである。

「分かりました」

と鞍之介は言った。

「ただ、これから申し上げることは守ってほしい」

「へえ、どったらごどでも……」

「私は右肩をいじります。外れ易いようにしておくんで、立合いまであまり動かさないこと。土俵で相手と組んだら、この時はガッツリと、力一杯動かすこと。そうしないと肩が外れない」

これでいいかどうか、鞍之介には分からない。

だが相手が首を縦に振ったのを見て、肩をよく揉みほぐし、これでいいと思う処置を施した。

その後、和助が春雷を勝手口から裏庭に出し、通用口から川縁《かわべり》の道へ導いた。そこには来た時の屋根船が待っていた。

九

「いやはや、賑やかだのう、今日は」

この午後のお茶の時間、いつもの縁側の日溜まりに腰を下ろした長渕同心は、茶を啜りながら苦々しげに言った。

「どこへ行っても相撲の話でもちきりだ。この広いお江戸で、相撲以外に何か話題になることはないのかね」

「ああ、申し訳ないです長渕様、ここでも相撲の話でして」

と鞍之介は首をすくめた。

「いえ、実は今日、ちょっと伺いたいことがあって、お待ちしてたんですよ」

「ふむ、わしらには、答えられることと答えられんことがある。それにわしは、必ずしも相撲好きではない。あの化け物みたいな相撲取りは、どうも恐ろしい。茶は馳走にはなるが、悪いが別の者に訊いてくれんか」

「そう仰らず。実は濡髪関の話なんでして……」

「濡髪か」

この同心は相撲は好かないが、濡髪のことは嫌いではないようだ。

それを知る鞍之介は、昨夜、杢兵衛から聞いたばかりの話を、かいつまんで話した。

去年の夏、夜中に大川縁を歩いていて、河童と間違えられて捕まったという事件である。

「長渕様は、この川縁が縄張りですから、ご存知でしょう?」

「うむ、そういえばそんなことがあったかな」

「濡関は一体なぜそんな時間に、そんな所を、毎晩歩いてたのかと。何か、河童と間違えられるような悪さでも、したんですかね」

「うむ」

と長渕は、思い出すようにしばらく黙っていたが、

「いや、あれは特にどうこういう話じゃなかったよ。実はわしは、その河童退治隊に加わらなかったんだ。いずれ、その辺の浮浪者が、寝ぐら探しをしてるに決まってるじゃないか。ところが後で、退治した河童の正体を聞いて驚いた。濡関だった」

「どうして、そんな時間にそんな所にいたんです？」

「濡関の相撲部屋は、両国だろう。大川端はさして遠くない。夕涼みにちょうどいい辺りにある」

「背中に縁台でも担いでたんで？」

「ああ、背中の袋には、おっ母さんがいたらしい」

「ええっ？」

鞍之介は思わず叫んだ。

濡髪が、故郷の小諸から老母を引き取り、相撲部屋近くの家に住まわせて、知り合いの老夫婦に世話を頼んでいるとは、知っていたが。

「もう七十も過ぎ、足腰痛めた年寄りは厄介なもんだ。暑くても外に一人じゃ出られない。だがあの年は暑い夏だったからねえ」

「で、おっ母さんをどうしようと？」

「願い通りにしてやりたかったらしい」

老母は、涼しい川辺に出たがった。

特に小諸育ちであれば、千曲川《ちくまがわ》を懐かしがったという。

そこで人に会わない四つ（八時）過ぎ、毎夜のように相撲部屋から帰ってきては、

袋に入れて背負って連れ出し、川縁で涼ませていたという。だがそうしたことを公にされたくない濡関は、

「頼む、この話は絶対に人に話してくれるな」

とその河童退治隊に頼み込み、それぞれに金を握らせたという。

十

七つ（午後四時）を過ぎると、頭上の青空は薄らぎ、地上に近くなるにつれ、薄い夕焼け色が濃くなっていく。

だがまだ昏れ残る中天は青く、白い半欠けの月が上がっていた。

先に名を呼び上げられた春雷は、ひとつまみの塩を撒き、両肩の具合を確かめるようにユルユルと回し、首を左右に傾けながら土俵に上がる。

濃緑色のまわしからはみ出そうな腹の肉、がっちりと肉のついた太ももに比して、やけに細い足首が、俊敏さを際立たせた。

続いて〝大田中〟の名が呼ばれる。

濡髪はいつもの不敵な表情を浮かべて塩を盛大に宙に撒き、華やかな赤紫色のまわ

して手についた塩を、パンパンと音をたてて叩き落としながら土俵に上がった。

ワアッと会場がどよめいた。

柏手を打ち、四股を踏む一連の儀式を終えると、腰を十分に落として向かい合う。

細い足首から足指に体重を移して、あわやというところで春雷が嫌い、仕切り直す。

それが数回続いた。

どうやら肩が気になるのだった。あまり素早く飛び出して肩がぶつかると、外れてしまう。負けると決めていても、初めから肩が外れては目も当てられない。

一方の濡髪はいつでも来いとばかり、構えている。

春雷の作戦は〝とったり〟の技を、相手に仕掛けさせることだった。

すなわち、自分がその技にハマるよう動くのだ。突いたり押したりの差し手争いになった時、右手をわざと取らせると、濡髪は両手でそれを抱え込み、思い切り手前に引いて体を開くだろう。

こちらがたたらを踏めば、相手は持ち前の剛力で、豪快にひねり倒すはず。自分はそのまま無抵抗で顔から土俵に突っ込み、立ち上がれない。

軍配は濡髪に上がり、この時、自分の右肩の脱臼が明らかとなる。

この豪快な負けぶりは、悪くなさそうだ。

だが相手もさるもの。差し出した右手を警戒してそうやすやすと摑まずに、右へ回り込み、左へ戻り、土俵際ぎわまで力で追い詰めてくる。

春雷の足腰もそれに応じてよく粘り、よく弾んだ。

濡髪は右手でまわしをとって、片手四つの体勢に持ち込んだ。

その白い肌がじわじわと桃色に色づき、湯気が立ち上り始める。

「思い切り動かないと、肩は外れませんよ」

という骨つぎ師の言葉が呪文のように思い浮かぶ。

妙な気分だった。勝ちを狙うのではなく、負けを狙うのだから。

春雷はまた自分の右手を差し出して、相手のまわしを取ろうとした。

濡髪は今度はその機を逃さず、右手を摑んで引いてくる。

春雷はそのまま前に引かれた。だが尻餅をつく寸前で、腕を相手に預けたまま、とっさに左手で全力で突き飛ばしたのだ。

二人はもつれながら地響きをたてて土俵に倒れかかり、春雷は何とか顔から落下せずに仰向けに転がった。

自分の体がふうっと、浮き上がるような感覚に襲われた。

周囲の音が消え、一瞬、真空の中にいるようだった。

自分は勝ったのか負けたのか?

今まではこの濡髪に、何としても勝とうという執念に燃えていた。そう、河童に間違えられてしょっ引かれたという話を、聞くまではだ。

故郷の老母を引き取っているとは、聞いていた。だが歩けなくなった母を、暑い夜ごと背中に背負って川縁を歩き、涼ませていたとは、つゆ知らなかった。

それを聞いた時、津軽でまだ生きているだろう自分の老母を、突然思い出したのである。農家の五男坊に生まれたが、十二で津軽を出てから、一度も会っていない。

大食らいが災いしてどの奉公先も長く続かず、何軒めかの馬方の家で今か今かと迎えを待つ自分を、ついに母は引き取りに来なかった。

自分は捨てられたのだ。そうと知ってから、母を恋うことはやめた。いや、やめたのではない。禁じたのだ。

だがあの尊大な濡髪が、老母を背負って夜道を歩く姿を思い浮かべると、たまらない気がした。

この力士は自分のはるか前を歩いている、と思った。たとえ勝負に勝っても、自分は負けていると。

そんな濡髪が今回こそ春雷から一勝を上げれば、老母は喜ぶだろう。その笑顔を見て喜ぶ息子の顔が見てみたい。

まだ若かったころの、頬の赤い我が母の顔が思い浮かんだその時、ふっと真空状態が消えて、場内の空気はワアーという歓声に膨れ上がっていた。

「逆とったりィ、春雷の勝ち……」

そんな行司《ぎょうじ》の高い声が耳に入って、わが耳を疑った。

ん、春雷の勝ちだと？

気がつくと、今まで自分の体の下にあったらしい濡髪が、モゾモゾ動き出し、自分を助け起こそうとしているようだ。

おそるおそる肩を動かしてみたが、どうもどこも痛くはない。

骨は外れていない……？

初めてそう気付いた瞬間、春雷はハッと目を見開き、まだ昏れなずむ中天に目を彷《さま》徨《よ》わせた。

ははは……と思い切り笑いたい衝動に駆られた。

さすがに声には出せなかったが、苦虫を噛み潰したような表情のまま、腹をヒクヒクさせて笑いをこらえた。

あのエセ骨つぎ師め！

やつは、何の細工もしなかったのではないか。どう戦うか悩む自分に、〝思い切りやれ〟とただ一言、言っただけだったのだ。

この日も朝から、忙しく治療にかまけていた鞍之介は、〝春関の勝ち〟の一報を耳にして、ふう、と肩の力が抜けるように感じた。

昨夜、李兵衛と呑んで、そののらくらした受け答えの中から、一つの方策を授かったように思ったのだ。

それは〝何もしない〟方法だった。そう、何もせずにしたように見せかけるのも、ひとつの戦術であると。

第四話　袖摺坂《そですり》

一

寸ノ吉は大川橋の欄干に凭れ、長いこと川を眺めていた。

淀みなく流れる川面《かわも》には、桜の花びらが浮いている。

三年前のやはりこんな花の季節に、こうして欄干に凭れて川を見ていたことが思い出された。あの時も、川面にはやはり何かの草や花が、浮いては沈みながら流されていたっけ。

三年前といえば、鞍之介が、千住から駒形に引っ越してきた年――。

そして十九になったばかりの寸ノ吉が、鞍之介の誘いを受けて、駒形名倉堂の一員となった記念の年でもある。

今にして思えば、分かることだった。

そんな表向きのいきさつの陰で、鞍之介も寸ノ吉も、人生の関《せき》とでもいえる難関を通過しつつあったのだと。

だが、それは時がたたなくては分からないこと。

鞍之介は直賢の強権支配から逃れたかったらしいと言われ、また寸ノ吉は師直賢から送り込まれた〝監視役〟などとまことしやかに噂された。

後で思えば笑止《しょうし》の沙汰だが、そこにはそれなりの懐かしい、だが人には言えぬ事情があったのだ。

そもそも寸ノ吉は、千住本院から直接、駒形に引っ越したわけではない。十八歳の終わりのころ、それまで寄宿していた名倉家を出て、神楽坂《かぐらざか》の祖母の家に帰っていた。

名倉では年に一回、私的な資格試験を実施するのだが、それに三度続けて落ち、ひどい自信喪失に陥っていた。

試験には五段階あった。骨つぎの軽度な施術が許される三級までは合格し、助手の肩書きは取得していた。だが本格的な施術が許される二級、先生の代わりに代診が許される一級が、難関だった。

鞍之介は、十九の年に、〝名倉流正骨術〟と柔術を免許皆伝となったという。だが寸ノ吉は十九でまだ助手である。

何につけ不器用で、のぼせ症で、何かといえばすぐ顔が赤く上気してしまう。背は中背だが小太りで、口下手だったから、これまで女の子と付き合ったことがない。

こんな不甲斐ない自分に、骨つぎ師としての将来はあるのか。

いたずらに無駄な人生を生きるより、川にでも飛び込んで終わらせた方がいいのでは、と思い詰めていた。

そのころ寸ノ吉は、祖母が急病で倒れたからと言って、神楽坂に帰ったきり戻らなかった。急病は嘘で、祖母はぴんしゃんしていたのだが、寸ノ吉の〝ばあちゃん子〟ぶりは周囲でも有名だったから、誰も怪しまなかった。

祖母のお種《たね》は、神楽坂下の門前町で『上州屋《じようしゆうや》』という小さな古物店を女手一つで営んでいた。花街らしい華やかな土地柄か、遊び気分で立ち寄る客が多く、いつも店には客の姿があった。

幼いころに母親と死別した寸ノ吉は、祖母に育てられた。父の行方は不明だったから、身内といえばこの六十過ぎのお婆《ばば》だけ。

お種にしても、頼れるのはこの孫しかいなかった。

そんな事情を知る名倉では、一か月姿を消していても、誰も〝ばあちゃんの病〟を疑わず、そのうち戻って来ようと思っていた。

この祖母宅に突然帰ってきた寸ノ吉は、黙り込んで一言も理由を言わなかった。ばあちゃんも、理由を問い詰めたり、追い返したりはしなかった。

「人は誰しも、他人に言えない事情というものがある」

というのが口癖だった。自身も開けっぴろげな性格だが、一度は一つ屋根の下で暮らした夫について、いっさい語ることはなかったのだ。

そんな、家に帰って一か月近くたったある雨上がりの日。

寸ノ吉は、お種から仕事を頼まれた。

〝お買い上げいただいたお品〟と祖母が言う陶器を、近くのお屋敷まで届けるのである。

普通はお種が自ら行くのだが、この日は店番の者が急用で来られなくなったという。

かと言って、家で毎日ぶらぶらしている寸ノ吉は、人と対面するのを嫌って、店番はしたがらない。

「でも今日だけは頼むよ。座ってるだけで良いんだから。店番はうっかり、知り合いに頼めないんでね。信頼出来る人じゃないと」

と、お種は困ったように言った。

この日、午後一番に店に入って来た風采《ふうさい》のいい武士が、高い値のついた古い伊万里《いまり》の皿と、織部《おりべ》と志野《しの》焼《やき》の抹茶茶碗を一つずつ、買い上げてくれた。

その品物は、牛込《うしごめ》御箪笥町《おたんすちよう》の屋敷まで届けてほしいと言う。

「それがしはこの屋敷の佐倉《さくら》と申す者だ。これから寄る所があるんで、これらを持ち歩くわけにいかんし、ちと目利きに見てもらいたいから、ここに届けてくれんか」

佐倉と名乗った武士は、そう言って、届け先の住所と名前を記した紙片を差し出した。そこには〝牛込御箪笥町　東川仁左衛門《ひがしかわにざえもん》〟と達筆で記されており、その横に女性の名が記されている。

「ああ、御箪笥町でございますか」

と、それを見たお種は、機嫌良く頷いた。

「あの町には、何度か上がったことがございますよ、ここからすぐですから。ええ、少しお時間を頂ければ、お届けしておきます」

御箪笥町の〝箪笥〟とは、幕府が使う武器一般のこと。

この町には、そんな武器をつかさどる具足《ぐそく》奉行所組同心や弓矢槍《ゆみややり》奉行所の組同心の拝領屋敷が、多く集まっている。

「では七つ（午後四時）過ぎに頼む。門番には、ここに書いてある女人の名を言えば分かる。一応この人が器を見て、お代を払う」

そう言って武士は注文書に署名し、店を出て行ったという。

「だから、お相手は女性なんだよ」

「ふーん、どれ……」

とその紙片を手に取った寸ノ吉は、そこに書かれた〝野々宮美禰《ののみやみね》〟という名にじっと目を留めた。知らない名前だが、美禰という字の美しさと響きが、心地よく胸を騒がせる。

「この人は？」

「ええ、東川家にお出入りのお茶のお師匠さんだって」

「へえ」

東川家のある御箪笥町は、ここからそう離れていないことに、気が動いた。ばあちゃん孝行のつもりで、行ってみようかと思った。

お種の話では、店に来たのは三十がらみの、印象の穏やかな武士で、初めて見かける客だった。陶器については、あらかじめ別の誰かが下見に来ていたようで、この佐倉という武士は、使いを頼まれた様子だったという。

「でもどんなお方が下見に見えたかは、思い出せないよ。うちは、陶器を見て楽しんでいく、目の保養のお客が多いからねえ」

「この人に渡すだけなら、自分が行ってもいいよ」

　と寸ノ吉は珍しく乗り気になって言った。

「おや、有難いねえ。じゃァお隣の元《げん》さんに、用心棒を頼むかい？」

　元さんとは、隣の刀剣屋の若隠居だが、元武士で剣の腕が立つので、町内では用心棒的な存在だった。

「いや、いいよ、御箪笥町はすぐそこだし」

二

　御箪笥町まではほんの一またぎ、四半刻《きり》（三十分）もかからない。

　お種は、一つずつ丁寧に和紙でくるんで桐箱に詰め、それぞれ紫色の風呂敷で包んだその上に、〝覚《おぼえ》〟と書かれた請求書を置いた。

　それを上州屋の名入りの大風呂敷に包んで、

「武家屋敷じゃ滅多なことはないんだけど、もし注文したお品がお気に召さないとか、値切られるようなことがあったら、自分には分からないからと、早々に引き上げてくるんだよ」

と言って、背負わしてくれた。

東川仁左衛門の屋敷は、辻番所で訊くとすぐに分かった。それは大信寺《だいしんじ》という寺にほど近い、閑静なお屋敷街にあって、冠木門の古びた武家屋敷だった。

たまたま通用口近くで掃除をしていた門衛らしい若い男に、上州屋と名乗ると話が通っていて、すぐに庭に招き入れてくれた。

寸ノ吉はさらに庭の奥にある数寄屋《すきや》に案内された。

にじり口から薄暗い茶室に入ると、炉に置かれた茶釜にすでに湯が煮立っており、床の間にはこの茶室の名前か『茶夕庵《ちゃせきあん》』という掛軸がかけられている。

茶の心得はまるでなく、作法など知らなかった。だがこの茶室が趣味のいい贅沢な造りであることは、寸ノ吉にも分かる。

静まり返った午後の静寂を破るものは、カラスの鳴き声と、茂みから飛び立つ小鳥の羽音だけ。

寸ノ吉は好奇心を抑え、注文された品を前にして、畏まっていた。

やがて襖を開けて静かに躙り入って来た女を見て、寸ノ吉はハッと目を疑った。見覚えのある顔……と言うより、知っている女の顔によく似ていたのである。

異性をあまりよく知らないので勘違いかもしれないが、〝その人〟は化粧けがまるでなかったと思う。一度会ったきりとはいえ、あれ以来、ずっと瞼《まぶた》に残って忘れられない相手である。

だが目前のこの人は美しく化粧していて、寸ノ吉より二つ三つ年上に思われた。

あれこれ思うと頭に血が昇り、それでなくても赤い顔が、真っ赤に火照《ほて》るのを感じた。

「野々宮美禰です」

と相手は柔らかく言って美しい目で寸ノ吉を見つめ、特に驚いたふうもなく軽く頭を下げた。

「わざわざお疲れ様でした。佐倉どのが、お屋敷の茶会のために購入したそうだけど、先に一応吟味してほしいと仰るので……」

とほんのり笑った。

（やっぱりあの人だ。声も似ている。だけど、この自分に気がつかないのだろうか）

「早速見せてもらいましょうか」

お美禰は、寸ノ吉の前に置かれたままの、大きな風呂敷包みに目を向けて言った。

そうか、まず渡さなくちゃ、と寸ノ吉は腰を浮かした。

「はい、これがお買い上げいただいた品です。お確かめください」

と大風呂敷を開き〝覚〟と書かれた請求書が載せられた三つの紫の風呂敷包みを、畳を膝立ちで躙り寄って差し出した。三点の総額は約十両になり、そこにはその明細が記されている。

美禰は乗り出すようにしてそのうちの一つを受け取り、まずは無造作に請求書を横に置いた。次にしなやかな手指で器用に包みをほどき、馴れた手つきで桐箱の中の陶器を取り出し、ためつすがめつする。

何か欠損があったり、気に入らなければ駄目出しされるのだろう、と寸ノ吉は緊張して、その一挙手一投足を眺めた。

もし何か言われたら、ひとまず引き取って来るように、お種から言われている。だが三つめを見終えて目を上げた美禰は、満足げな表情で小さく頷いて陶器を箱に戻し、初めて請求書に目をやった。

「ご苦労さまでした」

とざっと見てから頷いて、

「後で支払いの係の者が参りますが、まずはお茶をどうぞ」

と炉に向かって茶の支度を始めた。

抹茶は、ばあちゃんが時々淹れてくれるから、ずるずると音を立てて飲んでいいと知っていた。

美禰は手慣れた様子で緑濃い抹茶をたて、羊羹を添えて、出してくれた。

固くなって茶を啜りあげる寸ノ吉に一礼すると、係を呼んで参りますからと言い、箱を捧げるようにして、静かに茶室を出て行った。

三

(あれからもう、一年以上たつのか)

初めてあの人と出会ったのは、やはりこんな春先の、柔らかい雨がそぼ降る日だった。思えばその時も試験に落ちて不貞腐れ《ふてくさ》、一時的に家に帰っていたのだ。

寸ノ吉はその午後遅く、蛇ノ目《じゃのめ》をさし高下駄を履いて、家を出た。

家にばかり籠っているのにも退屈し、牛込に一軒だけある貸本屋に行ってみる気になったのだ。

神楽坂から牛込へ抜ける坂道は急坂で、大人がやっとすれ違えるくらい細い。そのため『袖摺坂《そですり》』と呼ばれ、格好の近道だった。

少々面倒な気もしたが、雨は降り出したばかり。下るのではなく上がるのだから、滑りもしないだろう。そう思って人通りの多い大通りから、人けのないその道に踏み込んだ。

坂には濡れた土の匂いに沈丁花の甘い香りが漂い、傘に当たる軽い雨の音が心地よかった。

だが坂道の中ほどまで来た時、上の方で男女が言い争う声がした。

続いて女が駆け下りてきて、背後から女を呼ぶ声がする。

地味だが粋な江戸小紋に、赤みがかった帯を締め、傘はさしていない。

寸ノ吉は慌てて片側に寄って傘を傾け、女をやり過ごそうとしたが、女がそばをすり抜けようとした時、下駄の歯が土に刺さったようで、小さな悲鳴を上げた。

上体が前のめりになり、よろめいて一、二歩踏み出し、女はとっさに横の崖に手をついた。

寸ノ吉は思わず手を出して、もう片方の手を取って支えた。

「大丈夫ですか？」

「あっ、すみません」

女は慌てて寸ノ吉から体を離し、下りてきたばかりの坂上へチラと目をやった。つられて寸ノ吉もそちらを見たが、追って来る者の姿はなかった。

「上の道を歩いていたら、前から来たお武家様が急に私に襲いかかって来て……」

「それはけしからん、念のため、ちょっと見て来ますか？」

腕には自信があった。骨つぎ師になるためには、柔術に通じなければならず、研鑽《けんさん》を怠ったことはなかった。だが上を見ても、怪しい者の姿はすでに見えず、何かの気配が残っているだけだ。

「いえ、もう大丈夫です、有難うございました」

と、女はほつれた鬢をかき上げながら、まだ立ち往生したまま、少し震えの残る、よく響く声で言った。

その時、この女の美しさに初めて気がついた。

二十代の半ばくらいだろうか。化粧けは全くないが、肌がぬめるように白かった。黒眸がちな眼には憂いが漂い、盛り上がって形のいい唇。今も恐怖でそそけ立って青ざめていたが、その素顔から女の華やかさが匂いたってくるようだ。

（綺麗なひとだ）

そう思った時、泥に塗《まみ》れた裸足の足が目に入った。急いで懐から手拭いを出し、黙って差し出した。

有難うございます。もう大丈夫ですから、と女は繰り返して、手拭いは押し返した。

その口調に、微かに京風の抑揚《よくよう》があった。

寸ノ吉はその時になって、女の様子が気になった。

まだ転がった下駄を履こうともせず、右足だけ浮かせるようにして爪先立ちしている。そして左手で、だらりと下げた右腕の肘をさすっていた。崖に手をついた時、肘を痛めたのではないか。

「肘、どうしました？」

「いえ、ちょっと痛むだけ。家はすぐ近くですので、下まで下りて駕籠で帰りますんでご心配なく」

そんな声にはお構いなく、

「どれ、ちょっと失礼……」

その右手を取って、着物の袖をたくし上げると、顔と同じく白い眩しい肌が現れた。

肘を手で包むようにして、さすってみる。

本院で、ずば抜けて触診に長《た》けていた一色先輩には敵わないが、すぐその辺りにはっきりと違和を感じた。

「どうやら急に手を突いた反動で、肘関節が外れたようです」

「そんな……」

「なに、すぐ治します。じっとしててくださいよ」

とっさに寸ノ吉は、尻込みする女をその場にしゃがませ、自分もしゃがんだ。そのまま向かい合って女の腕を静かにさすっていたが、いきなりヤッと声をかけてその腕を手前に引っ張り、患部を押さえて上に折り曲げたのである。

「あっ」

と女は悲鳴を上げたが、痛むかと問うと、首を振った。

「じゃ、腕をそっと曲げ伸ばししてみてくれますか」

女はその通りにし、信じられないようにまじまじと寸ノ吉を見つめた。

三級までの試験は通っており、こうした簡単な施術は、何度も治療場で行っているが、戸外でこんな応急処置をするのは初めてだった。

だが夢中だったのだ。

「さあ、これで大丈夫。ところでお宅の近くに接骨院、ありますか?」

女は首を傾げつつも頷いた。

「それは良かった。帰りに駕籠でそこに寄って事情を話し、薬を貰ってください。

しっかり薬を塗って安静にしていれば、二、三日で治りますから」

人通りの多い坂下まで下りると、折よく空駕籠が通りかかった。

「いいですか、放っておいてはいけませんよ」

くどくど言う間もなく、何度も頭を下げる女を乗せて駕籠は走り出した。あっけない幕切れだった。後になって考えてみると、女も寸ノ吉も、名乗ることを忘れていたのだ。

四

美禰が戻るのを待ちつつ、寸ノ吉は思い迷った。

どうやら自分を覚えていないらしいから、名乗らない方がいいだろう。もしかしたら別人かもしれないし……と思い、いや、あの袖摺坂と御箪笥町はそう遠くはない。家は近いと言っていたのだから、まず間違いはあるまいと思う。

それにしても美禰も、係の者もなかなか現れなかった。

茶を呑み終えた寸ノ吉は、いつまで待っても来ない二人にしびれを切らしていたが、見苦しく騒がない方がいいと思った。

この屋敷は広い。この数寄屋とは渡り廊下で繋がっていたようだが、その先に幾つもの廊下が延びているように思える。

庭の小鳥の鳴き声が止み、遠くで犬の吠える声がした。

そんな時、躙口の外で、男の声がした。

「もし……」

続いてその戸が開いて、誰かが中を覗いた。

「あれっ、上州屋さん、まだいたんですかあ？」

先ほどの、門衛らしい若い男だった。

「いや、野々宮さまが奥へ行かれて、まだ戻って来られないんで」

「え、師匠なら、だいぶ前に帰られたけど？」

「えっ、そんなはずはない。先ほど廊下を伝って奥へ行かれたんですから」

「いや、そんな」

数寄屋から奥座敷に通じる渡り廊下の先には、控えの間があるだけで、その先の戸は閉ざされて、奥へは行けないという。

そもそもあの離れのある屋敷は一年前から空き家になっていて、東川家は西国の藩に帰っていた。藩の屋敷ではなく、東川が独自に購入したものだが、まだ売り家にはなっていないという。

特にこの茶夕庵は、茶人の主人が有名な宗匠に頼んで造らせたもの。ぜひ茶会やお稽古に使わせてほしい、と頼んでくる茶友が少なくないので、親しい筋に有償で貸し出しているという。

「じゃ、あの野々宮様は、お屋敷の方じゃないんですか」

「自分は、会うのは初めてです。何でも、さる茶人の紹介で来られた方だそうで。え、佐倉様？　そんな方は知りませんよ」

それから大騒ぎになった。

野々宮美禰を知る者はなく、その背後にいるらしい佐倉なる武士も、どこの誰やらさっぱり分からない。さすがに鈍い寸ノ吉も、十両に相当する陶器を騙し取られたのだ、と悟った。

店に帰ってお種に事の次第を告げると、お種は青くなって自身番に飛んで行った。

運良くそこにいた定廻り同心は、話を聞くと言った。

「ああ、この手の詐欺《さぎ》はよくあるんで気をつけてはおるが、なかなか捕まらんのだ」

手に入れた戦利品、特に陶器などの骨董品は、十倍近い値をつけて田舎大名や俄成《なり》金《きん》に売りつけて手放してしまい、証拠が残らない。

また騙された方も面子《めんつ》があるため、多くは訴えずに泣き寝入りしてしまうという。お種は訴えたが、時間がかかりそうだった。

五

「ああ、寸ノさん、やっと見つけた」

寸ノ吉が、そんな聞き覚えのある声を背後に聞いたのは、それから数日後のことだった。

同心のお調べや、現場に立っての検証を一通り終えてから、消え入るように上州屋の蔵に籠っていたのだ。

折から、季節の陶器の入れ替えを祖母に頼まれていたので、これ幸いと俗世間から逃げるように潜《もぐ》り込んだ。

あの美禰という女に騙されたという事実に、未だ実感が湧かない。

袖摺坂で出会った骨つぎ師と、あらかじめ知った上での犯行だろうか？　名は名乗らなかったが、手にしていた傘に上州屋とでかでかと書かれていたのだから。

いやそれとも、あの茶室で偶然会って気付いたものの、初対面を装って、詐欺を続行したものか。はたまた、茶室で対面しても、あの骨つぎ師のことは、全く何も思い出さなかったのか。

いずれにせよ口惜《くちお》しさと不信感と哀惜《あいせき》が、胸につかえていた。

そんな矢先、戸を開け放した蔵の入り口に、誰かが立ったのだ。

いや、誰かではない。その声が、千住本院で共に働いていた一色鞍之介とは、初めの一声で分かっていた。

だが寸ノ吉は振り向こうとせず、そちらに背を向けてしゃがみ込んだまま、頑《かたく》なに、木箱から藁《わら》に巻かれた小皿類を取り出し続けた。

いずれ千住の師匠の差し金だろう、と思ったのだ。

つい十日ほど前にも関口《せきぐち》という代診が、師匠の意を受けてやって来たばかり。寸ノ吉は祖母の病を理由に、何とか誤魔化してお引き取り願ったのだ。

するとまたその次がやって来た。

「どうだい、元気にやってるかい？」

「…………」

もしかしたら師匠は、自分が詐欺に引っかかったのを聞き及んで、様子見にこの先輩を差し向けたのではないか？　そんな妄想にまでとらわれ、言葉が出てこない。

「今、表の店でばあちゃんに会って、こちらだと聞いたんだよ」

屈託ないその声に、やむなく木箱から手を引っ込め立ち上がった。

「や、鞍さん。お忙しいところわざわざどうも……」

寸ノ吉は、眩しそうに目を細めて客人を見た。

鞍之介がこの春から駒形に接骨院を持つため、今はその準備にかかっているとは、噂で知っている。そのせいか鞍之介の顔は精悍に引き締まっていて、治療場では穿《は》かない野袴がよく似合っている。

「いや、どうしてるかと思ってな」

「ご覧の通りですよ」

くたびれた作務衣を着、頭に手拭いを巻いた自分を指でさした。

「忙しそうだな。荷物運びなら手伝おうか」

「いや、まさか……」

「実はここのところ、駒形に泊まり込んでいてね。昨日、千住に顔を出したら、寸ノさんの噂を聞いて驚いたんだ。近々にも、上州屋の若旦那になるって話じゃないか」

「ええっ？」

我ながら驚くほど、大きな声を上げた。

「一体誰が、そんなことを？」

「あれっ、違うの？　その説を広めたのは、先日、ここに様子を見に来た関口先生だが。先生によれば、寸ノは骨董に何の興味もないから、かえっていい商売人になれるだろうと」

「勝手なことをほざきやがって！」

「おいおい、皆、そう思ってるんだぞ。このおれもそう思ったから、ちょっと話そうと思って来たんだ。まあ、ここじゃ何だから、少しそこらを歩こうか」

と鞍之介は寸ノ吉を、薄暗い蔵から誘い出した。

そのまま、人通りのない裏道に出て肩を並べた。道の両側は蔵が続き、蔵が途切れると、いきなり田んぼが見えたり、また蔵があって隠れ、その先にまた畑が続いていたりする。

「鞍さんこそ、駒形の方は進んでるんで？」

特に親しい間柄ではなかったが、いつも鞍さんと呼んでいた。

「なに、古い柔術の道場をちょいと改造しただけなんで、大した手間じゃないさ。問題は、いい人材を揃える事だが、これがなかなか難しくてね。しかし、あの上州屋って所は凄いなあ。ばあちゃん一人でやってるんだって？」

「とはいっても、場合によって人を頼んでますよ」

「そうそう、それがいい。最小の人間で、最大の効果を生む。足りない部分は、日銭で人に頼めばいい。うむ、今の上州屋に寸ノさんが入ったら、ばっちり収まりそうじゃないか」

「へへへ、まさか……」

「笑ってる場合じゃないぞ」

寸ノ吉は訝《いぶか》しんだ。この人は、一体何を言いに来たのだろうかと。

「まじめに将来を考えてるのか？」

「勿論ですが、考えれば考えるほど、自分は何も出来ないような気がして……」

「本気で上州屋をやる気なのか？」

「待ってくださいよ、自分はまだ何も決めてないです」

「決めてない？　お前さんが、上州屋をやるかどうかは、骨つぎを諦めるかどうかだろ。そんな重要なことを、まだ決めてないのか？」

鞍之介は立ち止まり、胸ぐらを摑まんばかりに言った。

「待ってくださいよ、ただ……」

「ただ？」

「ただ……もう三回も試験に落ちてるんです。自分はやりたくても、諦めた方がいいって誰かに言われたような気がして」

「試験に三回落ちた？　それがどうした。それで、骨つぎを諦めるのか？　お前は三級まで合格してるじゃないか、あと一歩だ」

「…………」

「試験なんぞ時の運だ。これで諦めるのは惜しいと思う。お前はもっとやれる男なのに、自分で気がついてない」

鞍之介は言い、蔵が途切れて田んぼが見える道の端まで寄った。

そして遠くを見たまま、続けた。

「骨をつぐ、人をつなぐ……。そんな天性の才覚が、お前には備わっていて、これまでおれもずいぶん助けられてきた。いろいろ事情も、好き嫌いもあろう。ただ、一つだけ言えるのは、自分の信じる道を行くべきだってこと」

と、くるりと振り向いた。

「今度の接骨院は小さくてケチな造りだが、〝名倉〟の名を昨日、師匠から許してもらったよ。どうだ、駒形に来る気はないか」

「え？」

「おれと一緒にやらんか。お前のような人間が必要だ」

　寸ノ吉は目を見開いて、相手の顔を見返した。意外過ぎた。鞍さんは、本院への復帰を説得しに来たとばかり思っていたのだ。

「あ、この件についても、おれは師匠の了解を貰っている」

「いや、そりゃまずいですよ。正真正銘、自分は駄目な奴なんでして。実は最近も人に、コロリと騙されたばかりでね、ははは……」

　とても鞍さんを支えられる人間じゃない、と言おうとして笑ったのだが、不意に真っ赤に膨らんだ頬を涙がポロリと伝った。

　鞍之介は涼しい目で、まるで胸の奥を覗き込むように見返してくる。

「おれみたいな奴は……」

「それは分かった。いいんだよ、それは。完全無欠なんぞ、誰も期待しちゃいない。騙されて初めて分かることもある。あと二、三日、ゆっくり考えろ」

「いや、鞍さん、答えは決まってるんだ。自分の行き先は上州屋じゃない。そう言い切る勇気がなかっただけだが、騙されてやっぱり分かった。骨をつぐ、人をつなぐ……それがおれにはやっぱりおもしろい。置いてかないでくださいよ」

「………」

鞍之介は頷いて、手を差し出した。

「我々の武器はこの手しかない」

と寸ノ吉の手を握りしめて言った。

「まあ、その辺で軽く一杯やろうや。話したいこともあるし、訊きたいこともある」

「訊きたいことって？」

「つまりその、人に騙されたって話だよ」

六

駒形名倉堂なる骨つぎ院は、大川橋の手前にあった。

その翌日、寸ノ吉は荷物をまとめて祖母の家を出て、鞍之介のもとへ向かったのである。この橋を渡る予定はなかったのだが、初めて見るこの橋の途中まで歩いて、しばらく川面を眺めた。

袖摺坂で偶然出会い、その後平然と自分を騙したあの美禰という女が、まだ目先にちらついていた。

お種が訴えた筋からは、何の連絡もない。

もしあの御箪笥町の屋敷をもっと緻密《ちみつ》に探していたら、どこかで手がかりが見つかったのではないか。衝撃のあまり、あれから一歩も外に出られなかった自分が、あまりに不甲斐なかった。

まるで夢を見ていたようで、その悪夢は、まだ頭のどこかに巣食っている。

話を聞いた鞍之介がその後、勝次のツテで調べてもらったところ、美禰と名乗る女と佐倉という武士が組んだ詐欺事件は、過去に内藤新宿《ないとうしんじゆく》、池袋《いけぶくろ》でも起こっていたが、まだ捕まっていないという。

それからほぼ一年たった昨年初めの、ある日——。

浅草へ向かう大通りを茫然《ぼうぜん》と歩いていた寸ノ吉は、行き交う群衆の中に、チラとあの女の顔を見たのである。

今度こそは、と思わず人混みをかき分けて後を追った。

もちろん女は何も気付いていないようだったが、大川橋に踏み込んでから人波に紛れ、どこかで見失ってしまった。

ただ美禰はまだ江戸にいて、この界隈にも出没していることを知ったのだ。それから寸ノ吉は新しい職場で忙しい中、たまに時間を見つけては、美禰が大川橋を渡って消えて行った江戸の東部の、本所、深川、柳島、亀戸《かめいど》、向島《むこうじま》……を選んで歩くようになった。

会えるものなら会ってみたかったが、その人はまた消えてしまった。

そんな年の桜の季節、寸ノ吉に向島に出向く用が生じた。

往診の予定だった代診の海老原先生が急に行けなくなり、助手の寸ノ吉が行くことになったのだ。

向島は江戸でも名だたる桜の名所である。手間賃として幾ばくかを渡した鞍之介には、少し息抜きして来いとの気遣いがあった。

患者宅での治療はすぐ終わり、しばらく桜並木をぶらついた。

だが凄い人出で、ぞろぞろと並んで花見を楽しむ、吉原の花魁《おいらん》の一団にまで出会った。折から晴天続きで、散りかけた桜並木の道は埃っぽく、少し歩くと疲れてしまう。

休むにしても舟で下流まで戻ろうと、土手を下りかけたところで、

「おうい、舟が出るぞう」

と呼びかける船頭の声を聞いた。

「待ってくれ」

と叫びながら二、三人が駆け出し、寸ノ吉もそれに続いた。

だが近くまで行きあと一歩というところで、男の怒号が飛び、艫綱《ともづな》が外され、舟が岸を離れたのである。前を駆けていた行商人らしい男が乗り込もうとして、足を踏み外し舟桁《ふなげた》に摑まった。

舟がぐらりと揺れ、数人いた先客らが互いに体をずらして、均衡を取った。続いて何とか乗り込もうとした寸ノ吉は、ふと誰か乗客の強い視線を感じ、引かれるようにそちらを見て、目が釘付けになった。

誰もが腰を浮かして騒いでいる中で、微動だにせず、じっと自分を見つめる白い顔がある。

美禰だ！

途端に頭が急回転した。何としてもこの舟に乗らなくてはならないと。先ほどの行商人は無事に引き上げられ、その後にまた一人が乗り込み、寸ノ吉もそれに続こうとした。

だがその時、誰かの手に強く肩を押され、寸ノ吉はとっさに腰を沈めた。

舟端にいた深編笠の武士が、寸ノ吉を押し戻し、乗船を阻《はば》んだのだ。

混乱した頭の中で、一つのことが閃いた。この騒動は、この男が自分を乗せまいと艫綱を解いたことが、始まりだったのでは？

もしかして自分を見つけた美禰が、この男に知らせたか？

男の笠の奥から鋭い目が光り、もう一撃が、肩を突いてきた。

寸ノ吉は咄嗟にその腕をぐいと引き、背負い投げよろしく、川に放り投げたのである。

その反動で寸ノ吉も煽りを食い、船着場に尻もちをついた。

舟はまたぐらりと揺れ、船頭は均衡を取るように櫓を巧みに操った。

水中に没した男はしばし水しぶきを上げていたが、岸へ向かって泳ぎ出した。

それを確認してか、舟は非情にもそのまま船着場を離れ、下流へ向かう船列の中へと滑り込んで行く。男が川に落ちても一言も発しなかった美禰の顔も、もう見えない。

寸ノ吉は船着場に突っ立ち、水中の男のことなど忘れて、遠ざかっていく舟を放心したように見送っていた。

水面を、桜の花びらが群れを成して流れていくのが見えた。

そして三年めの今日も、水面に散り敷いた桜の花びらが、波に揺れながら流されて行く。

今年も桜の散る季節。寸ノ吉はもう過去を振り返りはしないが、この橋を渡る時は今でも、無意識に人を探す目になっているのだった。

第五話　花道

一

バタバタバタ……と、けたたましい足音を立てて、寸ノ吉が待ち合いの方から駆け込んできた。

「先生、大変です、千住の師匠の紹介状を持ったお客さんですよ！」

冷たい雨の降る昼下がり。おかげで今日は時間外の患者もなく、鞍之介は昼食をとってから、奥の小部屋に籠って、溜まっていた調べ物をしていたところだった。

「何、大師匠の紹介状だって？」

ここを開院して以来、本院の直賢から、紹介状付きの患者が送り込まれてくるという〝慶事《けいじ》〟は、ついぞなかったのだ。

慌ててその紹介状を受け取って開いてみると、紛れもなく直賢の達筆で二行だけ、こう書かれていた。

〝亀戸の師匠を紹介申し上げ候
万事よろしくお頼み申し候〟

鞍之介は苦笑した。

いかにも直賢らしい、愛想のかけらもない文面である。

しかし〝亀戸の師匠〟とは？　いきなりそう言われても、誰のことやら分からなければ、紹介状にはならないではないか。

寸ノ吉に訊いてみようかと思った時、ハッと閃いて仰天した。

（亀戸、と言われてすぐピンと来ないとは）

千住から離れて三年、もう錆びついたのか。

〝亀戸〟の一言で通る人物——。

それはかの鶴屋南北しかいないではないか。

歌舞伎芝居の世界には、疎《うと》い鞍之介ではある。

だが、役者の早替わりや奇抜な仕掛けなど、ケレンに満ちた大作で大当たりを連発し、当代一と目される狂言作者の名を、知らぬわけはなかった。

それに四代目鶴屋南北の名は、千住での修業時代、師直賢からしばしば聞かされていた名だった。

名倉直賢は、名倉流骨つぎ術の創始者であったが、その反面、今を盛りの文化万般に通じた粋人《すいじん》でもあった。

特に南北については、まだ下積みの作者だったころからその才に目をつけ、贔屓にし続けてきた眼力である。

また南北も仕事柄、座りずくめで執筆にあたるため、常に腰痛に悩まされ、亀戸の居宅から千住の名倉堂まで通って来ていた。

その話は何度となく、繰り返し聞かされたものだ。

とはいえ、すでに齢七十の坂をはるかに越え、八十も間近になった直賢には、自らの手による南北への治療が、ままならなくなったのかもしれない。

だからといって、名倉本院の宣伝頭でもある名士を、なぜ自分のところに送り込んできたのか。やはり鞍之介には、俄に判じかねるものがあった。

「よし、分かった、すぐに治療場に通して支度を」

と寸ノ吉に命じたが、何だか急に胃の腑が、鉛でも呑んだように重くなるのを感じた。

実は南北については、今も人に語りたくない苦い体験があった。

二年前の文政《ぶんせい》八年の夏、日本橋堺町《さかいちょう》（人形町）の中村《なかむら》座で、南北作の『東海道四谷怪談《とうかいどうよつやかいだん》』が初演された時のことだ。

この公演は連日満員の大当たりとなっていた。何しろ市川團十郎《いちかわだんじゅうろう》の伊右衛門《いえもん》に、尾上菊五郎《おのえきくごろう》のお岩《いわ》という人気役者の顔合わせである。

「とにかくコワかったねえ」

「肝《きも》が縮みましたよ」

とここに通ってくる客たちの間でも、大変な評判である。

だが毎度そんな話を聞かされる鞍之介は少々うんざりし、どうせ子ども騙しだろうとタカをくくり、足を運ぶ気にはなれなかった。

ところがたまたま院が休みの日に、幼馴染みで、芝居通でもある友人の大江蘭童《おおえらんどう》から、

「いま話題の芝居を見ながら、一杯やろうじゃないか」

と誘われて、酒に釣られて付き合う気になった。

この蘭童は、時代に先がけた蘭学者だった。長崎の『鳴滝塾《なるたきじゆく》』でシーボルトに蘭学を習った人物だけに、いつも一歩進んだ話題で、鞍之介を惹き付けてきたのだ。

その誘いに乗って後悔したことなど、今まで一度もない。それどころか何につけ啓発され、骨つぎひと筋の堅物《かたぶつ》から免《まぬが》れているのだ。

ところが今回は少し違った。

いざ幕が開くと、子ども騙しどころか、想像を絶するおぞましい恐怖の世界が目の前に繰り広げられ、心底震え上がってしまった。

武術の世界では怖いもの知らずだが、幽霊だの祟《たた》りだの超能力だのの世界には、からきし弱かったのだ。

毒を盛られたお岩の崩れてゆく顔面の変貌《へんぼう》の凄まじさ。戸板の裏と表に打ち付けられて川を流されていく男女の死体……。

目を背《そむ》けたくなるような残酷場面の連続に、ほとんど金縛《かなしば》りに遭った状態になり、息は詰まるし肝も身体も冷えるで、もう酒などどうでもよくなってしまった。

「おい、出ようや」

と芝居を存分に楽しんでいる蘭童の袖を引っ張り、途中で逃げるように席を立った。おかげで後々まで恨まれ、〝お前には南北は分からん〟などと皮肉を言われ、頭が上がらなくなっていた。

この恐怖体験から、こんな恐ろしい話を生み出した狂言作者に対し、強い苦手意識を抱くに至った。おそらくその顔も精神も、悪魔のような男だろう……と思い込んでしまったのである。

二

「お待たせしました。一色鞍之介です」

いつものように患者と向かい合って座り、さりげなく自己紹介はした。だが我ながら、声が少し固いと感じた。

相手はゆるりと鎌首《かまくび》をもたげる風情で、柔らかい視線を向けてきた。

「おう、お手前が一色先生ですか。お若いのう。千住の大先生から、お噂はかねがね伺っておりますよ」

と穏やかな声音で、直賢の近況を言いかけて、

「おっと忘れちゃいかん、私がご紹介に預かった鶴屋南北です」

と如才なく返してきた。

たしか直賢より五つ六つ年下と聞いていたから、七十三、四だろう。

だが鬢に白いものは目立っても、中肉中背の体軀は骨太で、肌はどちらかといえば

色白で、色艶もよく、どう見ても七十過ぎとは思えなかった。

面長で卵型のその顔には皺も少なく、たえず穏やかな表情を浮かべていて、よく言われる〝癇性《かんしよう》な性格〟には思えない。ただ、その大きめの目だけが、別物のように深い光を放っているのが印象的だ。

その視線を正面から浴びると、さしもの鞍之介も、自分の脳の中を見透かされるような気がした。

とはいえ鞍之介もさりげなく微笑して頭を下げ、

「師匠のお噂は、手前も千住でよく聞かせていただきました。昔から長く通われていたそうで、本院じゃ〝国賓〟扱いだったとか」

それは半ば冗談まじりだが、嘘ではない。

「ははは……」

と相手が声を上げて笑ったので、急に座がほぐれた。

「いや、いつも極貧ではあったからね。いつも杖ついて、千住までよろぼい歩いたんで、大事にされたんでしょう」

これには鞍之介も笑った。

南北は、早くからとんとん拍子に世に出た人ではなかった。

三十年もの、貧しく長い下積み時代を経て、五十歳で書いた『天竺徳兵衛《てんじくとくべえ》』で、初めて大当たりをとったのだ。

「しかし、そんなに千住に馴染んでいなさったのに、このたびは、なぜこんなむさ苦しい所へ？」

「いや、恥ずかしながら私もトシでのう。ここんところ千住まで通うのが少々、骨身にこたえるんですわ。で大先生に、いつまでこんな田舎に籠っておられるか、と恨み言を言ったら、ははは、すぐこちらを紹介してくれ、〝自分には千住の田舎が似合うので〟と言われた次第でしてな」

はて本当だろうか、と笑いながらも考えた。

たしかに南北も極貧だった時があろうが、今は押しも押されもしない巨匠である。駕籠を使うことも、往診を頼むことも出来よう。

またたとえ八十近い直賢が自ら治療出来なくても、本院には優秀な代診が顔を揃えており、設備もずっと充実している……。

……とまあ、あれこれ考えたが、そんなことより先に診察をするべきだった。

「分かりました。ではさっそくお身体を診させていただきます」

（なるほど、これはちと厄介かもしれん）

ひとわたり患者の身体を隅から隅まで、特に本人が痛みを訴えた腰や太腿のあたりを触診して、鞍之介は直感した。

鞍之介の指は常人の指ではない。

患者の体に触れると、それは体内を覗く目となって、その様子を伝えてくれるのだ。

南北の外見は、それほどの年齢に見えなくても、身体はさすがに正直で、長年の酷使によって、年相応の衰えが出ていることを、指が探り当てていた。

特に背骨の腰の部分の腰椎《ようつい》は、骨と骨の間の緩衝《かんしょう》となる椎間板《ついかんばん》が、加齢によってすり減り、歪みが出ている。一般に高齢者における腰痛の原因は、多くこの歪みにあったが、おそらく南北の場合もその例外ではなさそうだ。

だが鞍之介の並外れた指は、それとは別の原因の可能性を感知していた。

腰痛の原因は、いま診てとった腰回りの問題ばかりではないのだ。

見過ごされがちなその周囲の臓器に、何らかの異変が起きて炎症を起こしている可能性もある。

南北は腰の痛みについて、あれこれと詳細に訴えた。それを自分の指先の触診と照らし合わせると、何かしら内臓の奥にもやもやとした怪しい影を感知せざるを得ない。

ひょっとして直賢自身、何かしらそれを探り当てたため、鞍之介の特異な能力に委ねようと、こちらに送り込んできたのではないか？

考えようでは、あのぶっきら棒な紹介状も、事前の予備知識なしに診断してもらうための、直賢の計略だったかもしれない。

突然、そう思い当たったのである。

鞍之介はしばし思案した。

一回の触診だけで、病因が内臓にあるとは決められないし、仮にそれが正しいとしたら、接骨院で治療出来る範囲ではない。

当面は応急処理しかないか、と決断した。

「師匠終わりましたよ」

と声をかけた時、南北は目を瞑《つむ》って眠っていたようだ。

鞍之介の指で丹念に腰の周囲の筋肉を揉みほぐしてもらい、気持ちが良かったのだろう。

「やや、これは……」

周囲を見回して、慌てて身を起こした。

「あんまり気持ちがいいんで、つい、いぎたなく寝込んでしまい失礼しました」

と立ち上がり、腰に手を当ててそろそろと試し歩きをした。

「おお、すっかり腰が軽くなっておる。さっきまであんなに重くて痺《しび》れていたのが、嘘のようですよ。ああ、極楽極楽……」

南北本人にはこの時、かの直賢から鞍之介を勧められた時の言葉が、ありありと甦っていたのである。

〝あれには、今の医療にはない天与の才がある〟と。

「お手前はたしかに、大先生が言っていた通りのお方のようだ」

どういう意味かと鞍之介は面食らい、手を振った。

「いえいえ、これはあくまで応急の処置でして、残念ながら効き目は長持ちしません。これから……そうですね、四、五日に一度でいいからここに通って来られたら、この状態を維持出来るんですが」

「もちろん、私からもそうお願いしたい。今後ともよろしく頼みますよ」

と本音の滲む声で、南北は言った。

深々と頭を下げて部屋を出ていく当代一の狂言作者を見送って、鞍之介は呆然とした思いにとらわれた。

（あの穏やかな人物の一体どこから、あんな想像を絶する恐怖が生み出されるのだろう）

いずれにせよ、あの人の腰痛は、どうも単純なものではなさそうだ。

おそらく内臓にあると思える本当の病巣《びょうそう》を、何とか早く探り当てなければならない、と鞍之介は思った。

軒を打つ雨音に混じって、受付の方から、寸ノ吉の持ち前の大きな声が聞こえてくる。

「南北先生、雨がまだ上がらないんで、駕籠をお呼びしますか？」

「いや、駕籠は頼んである、そろそろ来るころだ」

「これから亀戸まで？」

「いや、中村座だ。これから三日後の初日まで、泊まり込みだよ」

三

「師匠、ちょいと邪魔していいかな」

部屋の外からそんな声がかかり、南北は机の上に広げた台本から目を上げた。外はまだ雨が降り続いていた。

　ここは中村座の楽屋三階の仕事部屋——。

　昨日、駒形名倉堂からここへ来て以来、ずっと籠っているのである。筆頭の立作者の南北以外、下の者たちは皆出払っていた。

「ああ、いいとも」

　声の主が誰かは、すぐに分かった。

　入ってきたのは言わずと知れた大久保今助《おおくぼいますけ》、この中村座の金主《きんしゅ》（興行主）である。

　そのでっぷりとした体軀と、脂ぎった大きな顔は、この芝居町きっての凄腕の金主として、誰知らぬ者はいない。

　もう十年以上前になるが、不入りが続いて一時は傾きかけた中村座の経営を引き受け、京、大坂で圧倒的な人気を誇っていた中村歌右衛門《なかむらうたえもん》を、初めて江戸に招いた人物である。

　それが爆発的な大当たりとなり、あっという間に中村座を立て直してしまったことは、未だに語り草となっている。

「どうしたい、何かあったのかい？」

　いつになく浮かない顔の今助に、南北は声をかけた。

「なきゃァ、こんなしけた顔はしてねえさ。よりによって音羽屋《おとわや》が、ちと困ったことになって……」

音羽屋とは、今を人気の歌舞伎役者、尾上菊五郎のこと。

次の興行が、二日後に幕を開けることになっており、菊五郎はその座頭《ざがしら》として、貴重な存在だった。

「はて、困ることにも数々あるが……」

「音羽屋の腰が立たなくなっちまった」

「何だって？」

「何でも、二、三日前から腰に痛みが出始めてな。稽古の後に、評判の骨つぎに診てもらったらしいんだが、何と、良くなるどころか、今朝は腰が立たなくなっちまったてえ話だ」

「まさか！」

南北も顔色を変えた。

今回の演《だ》し物は、南北の『天竺徳兵衛韓噺《いこくばなし》』である。

二十年ほど前に菊五郎の養父・尾上松助《まつすけ》のために書いて大当たりを取り、作者自身にとっても記念すべき出世作となった。

その後は音羽屋の〝お家の芸〟となり、菊五郎が役を受け継いで、たびたび上演されてきた人気作だった。

おかげで作中には、〝早替わり〟や、舞台上の建物が突然崩れる〝屋台崩し〟など、南北ならではの奇抜な大仕掛けがてんこ盛りで、息つく暇もない見せ場の連続なのである。

「チッ、そんな状態で、早替わりが出来るかね」

南北は思わず呟いた。

菊五郎といえば、颯爽《さっそう》たるいなせな男ぶりで知られる色男で、女形《おやま》もこなす。自らも楽屋の鏡に自分の姿を映し、うっとり眺めて、

（おれはどうしてこんなにいい男なんだ）

と独りごちた、という伝説もあるほどだ。

「初日を延ばすか」

「それが出来りゃ、苦労はねえ」

「え、何か問題でもあるのか？」

「大ありだ」

「おいおい、脅かすな」

「まずいことに初日には、音羽屋ご贔屓の松平丹波守《たんばのかみ》様のご一行が、お忍びでお出ましになるはずだ」

「ほう」

「それに今回に限り、お屋敷の姫君やらお女中らの総見《そうけん》ときたもんだ。特に姫様は並々ならぬ熱の入れようだそうで、この日に備えて、体調を整えておいでだとか。これがおじゃんになっちまったら、こっちもただじゃァすまねえぞ」

「………」

これには南北も絶句した。

今助もさすがに顔色が悪い。

この今助という人物は水戸の豪農の家に生まれ、大志を抱いて十代で江戸に出てきた。初めは大名屋敷の奉公人から身を起こし、六十年後の今は豪商にまで成り上がった、立志伝中《りっしでんちゅう》の男である。

したたかさとしぶとさでは誰にも負けないその元気者が、今は青菜に塩の状態だった。

「なあ、とっつぁんよ、何か知恵を貸してくれ」

と泣きつかれた南北は、只事ではない気がした。

日ごろは南北を〝師匠〟と呼んでいるのに、困ったことや頼みごとがある時に限り、突然〝とっつぁん〟と言ってすり寄ってくる。

たいして年も違わないのに、とっつぁんはないだろう、と違和感を覚えつつも、南北は今助の勘には一目置いていた。

「うーん、まあ、ここでわしらがシワ顔突き合わしても、埒《らち》はあかんだろ。急ぎ音羽屋に会って、様子を聞こうじゃないか」

四

「すまねえ、師匠、こんな無様《ぶざま》なことになっちまって」

自宅の奥座敷で、菊五郎は憔悴しきっていた。

横になるとかえって痛みが出るとのことで、湿布薬の匂いが充満している寝床に起き上がり、敷布団を三つに畳んで重ねたものを背凭れにし、足を伸ばして座っている。

「さすがの色男も形無しだな」

と今助が冗談めいて声をかけた。

「いや、稽古でやっちまったんでさ」

水中での早替わりの動きを稽古している時に、足首を捻ってしまい、それを庇っているうち腰に痛みが出てしまったという。

すぐ骨つぎの先生に出張《でば》ってもらって治療を受け、煎じ薬を飲んだり、湿布をし、氷を買ってきてもらい冷やしもした。

だが痛みは治らないどころか、今朝からは足に力が入らず、立ち上がれなくなってしまったのだと。

初日直前のこんな事故は菊五郎にも初めてで、座頭として、居ても立ってもいられぬほどの落ち込みようである。

「なるほど。で、骨つぎの先生は何と言ってるんだね？」

落ち着かせるよう、南北が穏やかに問いかけた。

「ああ、先生はさっき治療を終えて、今しがた帰ったばかりだがな。うーん、毎日来てくれるのは心強いが、ただ……その治療は湿布を取り替えるだけなんで、ちょっと心細い」

「しかし、その先生はたしか、日本橋名倉だったよな？」

日本橋名倉の院長は、直賢の三男知重で、その名は高かった。

「あ、いや、今回はご贔屓筋の熱心な紹介で、本所から来ていただいた。ほら、例の氷川堂だ。役者には相当な実績があるそうで、龍庵先生の手にかかって治らない役者はなかった……てえ触れ込みなんで」

「しかし……湿布だけで治るのか？」

と南北。

「今後は日にち薬で、どんどん良くなるはずと……」

「おいおい、日にち薬だと？　何日、ポカンと待ちゃァいいのかね」

じっと聞いていた大久保今助が、急に悲鳴のような声を上げた。

「明日の稽古で、座頭の足がしゃっきり地面に立たねえ限り、初日は開かねえんだ」

と、いよいよ本領発揮でまくしたてた。

「ヒカワだかホカワだか知らねえが、そんな藪にかかっていいのかい？　天下の音羽屋なんだ、もっと偉い先生に診てもらうわけにゃいかんのか。うかうかしてると、わしら全員これだぞ」

と、バッサリ首を切る仕草をして見せた。

その威力に押されて座はしんとしてしまい、ダンマリの体《てい》である。今助は煽るように続けた。

「なあ、とっつぁん、これが現状だ。ここで得意の大技は出ねえか」

「うむ……」

　腕を組んで何ごとか思案していた南北は、

「いや、氷川堂はたしかに定評ある骨つぎではあるが、いかんせん、一時代古いな。紹介してくれたそのご贔屓筋は、たぶんお年寄りだろう。今日病んでも、明日は治っていなきゃなんねえ今日びの役者には、氷川堂は無理だ」

　と応じた。

「わしにちょいと心当たりがある。まだ駆け出しで保証は出来んが、若くて、名倉の弟子で、イキがいい。一か八《ばち》か、呼んでこよう。もしこれで駄目なら、覚悟してくれ」

　と首を切る仕草をして見せた。

「おーい、頼みます、誰かいないか……」

　玄関口でそんな声がした。

　名倉堂は八つ（午後二時）過ぎ、今日の診療を終えて、玄関を閉じたばかり。鞍之介はへとへとだったが、夕方には友人の大江蘭童と、久しぶりに呑む約束があって、心が弾んでいた。

竹ノ家でしばらく呑んで景気をつけてから、気に入りの娘のいる浅草の店へ繰り出そうという趣向なのだ。

そのため遅い昼食をとる前に、明日の診療で必要な事項を、助手の寸ノ吉と文平と、打ち合わせていたところだった。

(急患か?)

そんな思いに、三人は目を見合わせた。

「見て来ます」

と寸ノ吉がすぐに玄関に向かった。玄関を開ける音に続いて、

「あっ、師匠!」

という寸ノ吉の大きな声が聞こえたので、鞍之介はギョッとした。

(師匠とは、あの師匠のことか? 昨日の治療で問題が生じたのか?)

そう思う間もなく寸ノ吉の先導で、〝あの師匠〟が現れた。

「やっ、一色先生、午後は時間外だったんですな。玄関戸にそんな札が出てるんで慌てましたよ。いえ、勝手を申して相すまんことですが、お出かけでなくてまずは良かった!」

心底すまないように、頭を下げた。

「いや、それは構いませんが、どうなすったんで？」

「突然でまことに恐縮至極だが、今からすぐ、駕籠に乗って、往診願えませんか？ 急ぐので、仔細は追って説明致しますから」

いきなり南北からそう言われて、鞍之介は戸惑った。症状については、あらかじめ聞いておかなければならぬ。

「ち、ちょっと待ってくださいよ。一体何ごとですか」

「緊急に、助けてもらいたい者がおるのです。ただ身動きも出来ず、駕籠にも乗せられないんで、先生にご出動願うしかなくてお願いに上がった次第です」

と訴えて、頭を下げた。

芝居町に君臨する立作者の南北が、自分のような駆け出しの若造に頭を下げるという事態が、俄《にわか》に信じられなかった。

この南北にここまでさせる相手とは、役者か？

むくむくと好奇心が湧き上がった。

「頭を上げてくださいよ、亀戸の師匠。手前で力になれるものなら、すぐにも参ります。ただ、どんな症状か教えていただけたら、用意する物が分かりますんで」

南北は頷いて、音羽屋の症状をかいつまんで話した。

それを聞いて鞍之介は、通常の往診の支度に、二、三の追加を寸ノ吉に指示し、一旦脱いだ仕事着を手早く身につけた。

そして和助に、竹ノ家のおかみへの伝言を頼んだ。夕方、いつもの友人蘭童とここで呑む予定だが、自分は少し遅れると。

そして門前に待たせていた駕籠に乗った。

何だか南北の描く芝居の世界に、自分が登場人物の一人として入り込んでゆくようで、わくわくしていた。

五

二梃の駕籠は、今日もまだ降り続ける雨の中をしばらく走った。

日本橋に向かう大通りから、途中で路地に入り、奥のさりげない門構えの、瀟洒《しょうしゃ》な屋敷の前に止まったのは、夕暮れにはまだ間のある時刻だった。

駕籠を降りるとすぐに若い衆が飛び出して来て、中庭の見える回廊を、腰低く奥座敷まで案内した。

この屋敷の佇まいに、すでに鞍之介は、何かしら艶やかなものを感じていた。しかし案内された座敷には、湿布薬の匂いが充満していた。

その薬の質が、名倉堂のものに比べてはるかに低いことを、瞬時にその鼻で嗅ぎ分けた。

寝床には、折り畳んだ布団に背を凭せて患者が座っており、皆がどやどやと入っていくと、こちらを向いて頭を下げた。

その顔を見た鞍之介は、その美しさにハッと息を吞んだ。

素顔であり、やつれてはいたが、形のいい瓜実顔と、きめ細かな肌、さりげない甘やかな仕草に、歌舞伎役者だと察しがつく。

ただ芝居通ではないから、その素顔から役者の名前は浮かばない。

だが南北が寝床のそばに座るや、息を弾ませて声をかけた。

「音羽屋、いい先生をお連れしたぞ」

そして鞍之介を振り返り、見ての通りと言いたげに、

「こちらが先ほど申した患者で、尾上菊五郎です」

と短く紹介し、そばに控えた今助を指して、

「こちらは中村座の大旦那、大久保今助です」

次に、この二人に向かって言った。

「こちらは、名倉堂の生んだ英才、一色鞍之介先生だ。わしの死にかけておる腰を生き返らせてくれた、国手《こくしゆ》ですぞ」

国手とは〝名医〟を敬って言う言葉。ここでそんな大袈裟《おおげさ》な言葉が飛び出して、鞍之介は赤面した。

腰の治療は一時しのぎに過ぎず、生き返ってなどいないのだ。

「いや、国手・名倉直賢の不肖《ふしよう》の弟子、一色鞍之介です」

「菊五郎です、こんな姿で失礼します」

と菊五郎は柔らかい声で受けた。

二年前、中村座の『四谷怪談』でお岩を演じ、迫真の演技を見せたのはこの役者であった。まさか、このような所でまた巡り合うとは、夢にも思わなかった。

病状を問うと、菊五郎はかいつまんで状態を説明し、氷川堂の治療は湿布だけだったと言い、精一杯のしなを作って頭を下げた。

「先生、どうか何とかお救いくださいまし」

するとでっぷりした今助が、丸々とした人差し指で印《いん》を結んでみせ、

「時間がないんです、先生。こうして呪文を唱え、エイヤッと、立ちどころに直していただきたい」

（なるほど、これは大変だ）

さっそく人払いし、菊五郎の全身をくまなく触診した鞍之介は、人知れず深い溜息を洩らした。

人の背骨を支えて立たせる〝脊柱起立筋《せきちゆうきりつきん》〟という大事な筋肉が、ぐだぐだになってしまっているのだ。おそらく、本舞台や稽古での激しい動きが原因で疲れが蓄積し、この土台骨を支える筋肉が、ついに悲鳴を上げてしまったということだろう。

この治療法は基本的に、とにかく絶対に安静にし、患部を冷やし、湿布を貼って、経過を待つことしかない。それで四、五日もすれば、ほぼ状態は落ち着いてくるはずだ。

日にち薬とはそういう意味であり、氷川堂がこの患者に施してきた治療は、湿布薬の質の悪さを別にすれば、あながち間違ってはいない。

ただ、それでは急場の役には立たない。

南北が今回、ここまで躍起になって、自分のような若輩《じやくはい》にまで頭を下げて、音羽屋の治療を求めてきたのは、〝今、すぐに、立ち上がれるようにしてもらいたい！〟と懇願しているのである。

本来なら、無理だった。
しかし触診を終えて嘆息《たんそく》する一方で、鞍之介の頭にひとつの仮説が立ち上がってい
た。それを実行出来れば、何とかなるかもしれない。
そして自分なら、おそらくそれが出来るだろう、という確信を覚えたのである。
技術的には非常に難しいが、理論上では簡単なことだ。
つまり人間の筋肉は重層的に出来ていて、菊五郎がいま痛めてしまった〝起立筋〟
のもっと深部に、他の筋肉の働きを支える縁の下の力持ちのような、〝深層筋《しんそうきん》〟とい
うものがある。
それを短時間で活性化することだ。
それは難しいが、自分の指の秘めたる力が最深部のこの筋肉まで届き、活性化する
ことさえ出来れば、痛んだ起立筋を立て直すことは可能ではないか。
その結果として、菊五郎の腰に、力が甦るはずである。
こんな治療は初めてだったが、その推測は間違っていない。
（よし、やってやろうじゃないか）
鞍之介の冒険心が、大いに刺激されていた。
自分の指の力を試すには、絶好の機会である。

鞍之介は覚悟を決め、別室で気を揉みつつ待機している南北に会い、ざっと途中経過を報告し、これから治療にかかる旨を告げた。

再び奥座敷に戻ると、気を集中し、菊五郎の体と向き合った。

「途中、少し痛むかもしれませんが、痛みは一瞬です」

(さあ、あんたの演じたお岩さんに死ぬほど怖がらせられた仇《かたき》を、今こそ取ってくれよう。いざ覚悟!)

胸の裡《うち》ではそう思って緊張をほぐしつつ、鞍之介はそっと指を下ろしたのである。

治療中、何度か骨を動かす荒療治があった。

その時は菊五郎も、さすがに苦痛に耐えかねるような声を洩らしたが、そんな難所を過ぎると、途中からいかにも心地よさそうに、軽い寝息をたてて寝入ってしまった。

「音羽屋さん、終わりましたよ」

軽く肩を揺すって声をかけると、菊五郎は瞼を開き、ここはどこだと問うように一瞬あたりを見回し、ハッとしたように身を起こした。

南北に治療を施した時と、そっくりだった。

だが今まで動かすこともままならなかった体が、声をかけられた途端、無意識にムクと身を起こしたことが、信じられないような面持ちであった。

「治療は終わりました。さあ、ゆっくり、立ち上がってみてください」

「いや、それは……」

と菊五郎は首を振った。これまでの激しい苦痛を考えると、痛みに再び襲われることが怖いのだろう。

「大丈夫。では私の手に摑まって、ゆっくりと」

菊五郎の熱っぽい真っ白な手を取って軽く引き上げると、そろそろと恐る恐る立ち上がった。

「ゲッ……」

信じられないような驚きの声が、その形の良い唇から洩れた。

「歩けます、痛くないです」

とゆっくり歩き出した菊五郎を、鞍之介は不安げに見守っていたが、十歩ほど進んだ所で思わず両手を打ち合わせ、微笑んだ。

「どうやらうまくいきました、成功です。さあ、音羽屋さん、これから南北師匠を、びっくりさせてやりませんか」

「やりましょう、ただあのお方もおトシだから、驚いてポックリいかなきゃいいが……」

などと菊五郎はもういつもの冗談好きに戻って、クスクス笑いながら廊下に出た。

六

「……おや、各々方《おのおのがた》、こちらでしたか」

すたすたと目指す部屋に入るなり、菊五郎は仁王立ちで言った。

「この忙しいのにお揃いで、何でこんな所に？」

煙草《たばこ》を吸っていた南北と今助は、ほとんど同時にワッと飛び上がって、畳に後ろ手をついた。

「ややややや、こりゃ驚いた、今度はこっちが腰を抜かす番だよ」

と今助が頓狂《とんきよう》な声を上げた。

「ひやァ、わしゃ幽霊には驚かんが、普通の人には驚くねえ」

と南北は間の抜けた顔で呟いた。

「一体どういう治療をしたんですか、一色の旦那、どんな魔術を使ったんで？」

思わずという感じで、今助は持ち前のくだけた口調で問いかけた。

「いや、なに、呪文を唱えて、エイヤッとやっただけですよ」

と鞍之介は笑って答えた。

「大川橋の竹ノ家まで」

と言って乗り込んだ帰りの駕籠の中で、さすがに鞍之介はぐったりして全身に力が入らなかった。

思えば昼過ぎまで身を粉《こ》にして働いた後、昼食もとらぬまま、呼び出されてきたのだから。

南北と今助はあの後、手厚く礼を述べるや、諦めかけていた稽古の準備のため、部屋を飛び出して行った。

一方、鞍之介は、菊五郎に案内されて、広い庭の見える客間に落ち着き、間もなくしずしずと現れた美しい妻女に、茶菓の饗応《きようおう》を受けたのである。

その場で、旨そうに茶を啜りながら、

「これはまだ当面の応急手当てですから、舞台では普段の六分目程度に動きを抑えて、くれぐれも慎重に……」

などと幾つかの注意点を伝えた。

「それと湿布薬は今後、こちらを使ってください」

院から持参してきた薬箱はすでにこの部屋に運ばれていて、鞍之介はその中から、名倉堂特製の湿布薬を取り出して、数日分を渡した。

「この湿布が切れるころに、私がもう一度伺って、その先のことを決めましょう」

「よろしく頼みます。して、お代はいかほどでしょうか」

と最後に問われ、鞍之介は薬箱を整えながら、

「あ、それは頂かないことになっております。いえ、名倉の昔からの決まり事ですので、ご了承ください」

と答えて立ち上がった。

菊五郎は南北からまだそのことを聞いていなかったようだが、噂だけは聞き知っていたのだろう。

「有難うございます。では、今はご好意に甘えさせていただきましょう」

と、さっぱりとこの場を収めたのである。

(さすが貰いっぷりがいいな)

鞍之介にはその態度が気持ちよく、首尾良く仕事を終えた後の至福の思いで駕籠に揺られていた。

ただ最初に竹ノ家と伝えた行き先を、途中で、駒形の名倉堂に変えた。寸ノ吉を使

いに出して、待ち草臥《くたび》れている蘭童を、自宅に呼び寄せようと思ったのだ。

というのも、帰り際にあの妻女が、〝今助からのお礼〟として持たせてくれた鰻重《うなじゅう》の包みが、膝の上でいい匂いを放っている。

一つずつ包装されたものが十人分、大風呂敷に包まれていて、どうやら店から届いたばかりらしく、ほっこりと温かい。

その匂いが、空きっ腹を刺激する。

鞍之介は初めて知ったことだが、鰻と飯が重箱の中で一緒になった〝鰻重〟は、日本で初めて、あの大久保今助が考案したものという。

自ら考えたものを店に頼んで作らせ、しばしば芝居小屋に出前させていたのが、馳走になった客の間で評判となり、たちまち江戸中に大流行したそうである。

だが家に帰ると、蘭童から先に伝言が届いていた。

「約束の時間が一刻（二時間）を過ぎたので、もう帰る」と。

七

「寸ノさん、今日も何だか、ヤケに暇だねえ」

鞍之介がそうぼやいたのは、それから数日後のことだった。

日差しがめっきり眩しくなり、川面がキラキラと輝く日々が続いていた。時間があったら散歩したいような日だから、人はこちらに向かわないのか。

だが暇なのは今日だけではない。いつもだったら待ち合いの間《ま》に、入りきれないくらい患者が溢れているのに、この四、五日、客の姿が急に途絶えたのだ。

古い馴染みの常連はいつもと変わらず通って来ているが、新規の客がめっきり減っていた。だから寸ノ吉や文平と顔を合わすと、つい同じ会話を繰り返してしまう。

「どこか近くで、お祭りでもあるんじゃないですか。明日はきっと大勢詰めかけて来て、てんてこ舞いですよ」

と寸ノ吉が慰めるように言い、

「だから今のうちに、体を休めておいた方がいいってことで」

と文平が同調するのだが、時がたっても、状態はさして変わらない。

これほどどこの名倉堂が閑散としているのは、ここを開業したころの一時期だけである。

（どういうことなんだろう）

何度もそう自問自答してみる。

近所に、他の骨つぎが開業したという噂も聞かないし、怪我人がこの江戸から急に減ったとも思われない。

（やれやれ、これまでが調子良すぎたか）

と溜息をつきながら、この日も客待ちしながら、溜まっていた帳簿付けをしていたのである。

すると寸ノ吉が少し慌てたように顔を出して、

「先生、通用口の方にお客さんが……」

と持ち前の大きな声で言い、グッと声を低めた。

「親分さんですよ」

「え、こんな時間に親分が？」

まだ午前中である。

「いるかい？」

とこの岡っ引の勝次が、茶飲みかたがた巡回してくるのは、いつも院が終わってからの昼の八つ（午後二時）過ぎである。

「何でも、ちょっと見せたい物があるんだそうで」

「分かった、縁側に回ってもらえ」

言って、広げていた帳簿類を閉じた。

勝次は、縁側の陽だまりに寝そべっている猫の近くに腰を下ろし、トラ丸をかまっていた。

「やあ、親分さん、お待たせしました」

と背後から声をかけると、振り向いて日焼けした顔に笑みを浮かべた。

「仕事中に押しかけてすまん。いや、ちと気になることがあって」

「なに、お気遣いなく。ここんところ暇なんでね」

「何だって？　暇になったのはいつからで？」

と急に遮《さえぎ》って、立ち上がった。

その剣幕に鞍之介は驚いて、急に活気を帯びたその顔を、眩しげに見た。

「いつからって……閑古鳥が鳴き始めたのは最近のことだけど。それが？」

「これを見てもらいてえんでね」

と懐から取り出した紙を開いて、差し出した。

「へえ？」

それは一枚刷りの、〝かわら版〟だった。粗末な木版の刷りもので、仕上がりも俄作りらしく粗末で、ところどころ掠れている。

「あっしがこれを見たのは、四日前だったかな、両国橋でこれを売ってたんだよ」

「さあさあ、たった今出たばかりの、天下のかわら版じゃ。悪を正す正義の味方、読んでみてのお楽しみ、どなたさんも買った買った、一枚四文……」

と深編笠を被った若い売り子はがなりたて、道行く人に売りつけている。

「わしは十手をちらと見せて、一枚摘み出した。それがこれだ」

鞍之介は胸が動悸を打つのを抑え、光が反射する文面に眩しげに目を細めて、目を走らせた。


〝駒形名倉が、ついに馬脚《ばきやく》をあらわしたか〟

という大きな見出しが、目に飛び込んでくる。

〝三年前、廃屋となった柔術の道場を根城《ねじろ》にし、大川端に開業した『骨つぎ名倉堂』。千住本院の評判を笠に着て、相手かまわぬ客引きを展開してきた。淫売屋《いんばいや》そこのけのその悪質な手口で、莫大な富を蓄えて、一見成功したかに見えていた。

ところがその実態が最近、あちこちで明るみに出て、心ある人々のヒンシュクを買っている。その一つは膏薬の粗悪さ、ふたつ目は、院長の治療の乱暴さ……〟

最後まで読まずに鞍之介は、その紙をクシャクシャに手で丸めた。

「いやはや、滑稽千万《こっけいせんばん》。なるほど、うちに閑古鳥が鳴いたのは、こいつのせいだったと？」

ハハハ……と笑おうとしたが、その顔が強張った。笑って済ませられることではない。ひび割れた胸の中を、空気が通り抜けるような声になった。

「しかしうちに来ていた患者が、まさか、こんなヨタ記事を信じるようなことはないと思うが」

「まあまあ、鞍さん。こんなことに驚くこたァねえ、世間とはそんなもんさ。まあ、聞きねえ。わしはその売り子をとっ捕まえ、両国橋の欄干に押しつけた。言わずば川に放り投げるぞ、と凄んで真相を吐かせたんだ」

売り子は、その勢いに負けて口を割った。

それによれば、何処かの誰かがかわら版屋に金を払い、このヨタ記事を刷らせ、大川橋の近辺にばら撒かせているという。

「どこかの〝誰か〟とは？」

「それについちゃ、売り子じゃ分からん。そこでその足で、かわら版屋に乗り込み、十手を見せて締め上げた。だが依頼主が誰かは分からんが、文面を書いて持ち込んだのは、浅草に住む駆け出しの書き手で、自ら情報を探索して書いたものだと……」

「ふーむ」

「ただ、あっしは昨日今日の駆け出しじゃねえ。顔見知りの古い書き手を、何人か知っておりやしてね。一杯呑まして聞いてみると、どうやら、こちらと同業の黒幕が絡んでおるようで」

「氷川堂ですね」

「ご明察《めいさつ》で」

まさかと思いつつの推測が的中し、鞍之介は複雑な思いに囚われた。

かねてから気にしていたことが、急に現実味を帯びたのだ。

体調を取り戻した音羽屋は、『天竺徳兵衛』の見事な演技で初日を飾り、以後、芝居小屋はずっと大入満員と聞いている。

それを、主治医として治療してきた氷川堂が知らぬわけはない。それを知った氷川堂は、名倉の介入を疑わずにすむだろうか？

そう鞍之介なりに考えないではなかったが、音羽屋側も、こうした局面には百戦錬磨だ。ことを荒立てぬよう慎重に処理するぐらいは、朝飯前のはず。菊五郎の復活を、氷川堂は我が手柄と思い込んで、喜んでくれるだろう……と。

そう考えて、忘れかけていた。

だがこうしたことは、往々にしてどこかから洩れるもの。ここで手柄を上げたのは、名倉だったと聞き及べば、氷川堂は面子を潰されたとばかりに逆上しかねない。実際、そうなったのだ。

「二度と同じことをしたら、次は伝馬牢だぞ、とかわら版屋に引導を渡しておいたがな」

という勝次の声が耳に届いた。

「しかし、連中を野放しにしちゃろくなことはなさそうだ」

だが鞍之介には、いい解決策がまるで浮かばない。……いま少し様子を見ようということで、勝次に帰ってもらったのだ。

八

「こんな卑劣な氷川堂を放っておいていいんですか?」

「いつまでもこの状態が続いたら、どうします?」

閉院の時間になってから、そのかわら版を読んだ若い三人は、憤激して口々に言い募った。特にあの相撲崩れの雷に虐《いじ》められた和助は、気が収まらない。

「たった一枚の紙きれですが、これは明らかに悪質な営業妨害だ。今からでも押しかけますか？」

「それがいい、殴り込みをかけましょう。先生、じっとしている場合じゃないですよ」

と若い文平も気炎を揚げた。

「いや、いきなり殴り込みは物騒ですが、少なくとも親分さんを動かして訴えるべきじゃないっすか」

「おいおい、たかがこんなヨタ記事で、騒ぐな。相手の思うツボだ」

と鞍之介は一喝《いっかつ》した。

「今のところ、氷川堂が関わってる証《あかし》は、ないんだよ。その辺は勝次親分に任せてある。事情がハッキリするまで、しばらく様子を見るしかなかろう」

そう宥《なだ》めて、一同を落ち着かせた。

だが実際は今のところ、何もする気が起こらなかった。どうするべきか、会って相談したい相手は、師直賢しかいない。

師匠ならこんな時どうするだろうかと。

やはり千住にいたころ、親戚でも弟子でもないのに、勝手に〝名倉堂〟を名乗って営業している者がいる、という情報が入った。

弟子らは騒いで師匠に訴えたところ、それを聞いた直賢は、

「放っておけ、名倉の宣伝になるだろうから」

と笑っていたという。

そんなことを思い出しつつ、黙々と昼飯をすませると、少し外の空気を吸ってこようと思いたった。

ここに来ていた患者が氷川堂に流れているなら、それも仕方なかろう。その治療の成果で、判断してもらうしかない。

そんな消極的な鞍之介に、若い二人が向ける不満に満ちた視線がまた、少々うるさかった。

少し歩いてくる、と誰にともなく言って外に出た時、閉ざした門の横の木戸口から入ってくる男がいた。患者かと身構えたが、その男の全身を見るまでもなく、思わず声を上げげた。

「あっ、南北師匠じゃありませんか」

その声に、相手もこちらを見た。

「や、鞍先生……これからお出かけですか？」

と南北はその面長な顔に、少し戸惑ったような笑いを浮かべた。

「いえ、天気がいいんで外に出てみただけで。さあどうぞ中へ……」

と、たちまち鞍之介は、空気が一変して明るくなった。

「いや、今日は治療じゃないですよ。たまたま浅草まで出る用があったんで、ちと寄って、先日のお礼を言っておこうと……」

「それはどうも。ちょっとお茶を一服いかがです」

と鞍之介は、南北を庭の見える縁側に誘った。この歌舞伎作者と顔を合わせるのは、大いに気の弾むことだ。あの音羽屋以来である。

「芝居は上々の幕開けだったそうですね。おめでとうございます！」

「いやいや、こちらこそ」

陽が当たって暖かい縁側に腰を下ろした南北は、機嫌良く言った。

「先日は世話になりましたな。おかげで、音羽屋は絶好調です。さすがに初日はぎこちなかったがね、今はもう、水中の早替わりなんぞ、前より鮮やかなくらいだ。鞍先生にくれぐれもよろしくと……」

開口一番のそんな喜びの言葉を聞くと、ささくれた胸が、癒されるようだった。

機嫌のいい時の南北は饒舌である。話を聞いていると、舞台や裏方の様子が手に取るように浮かんでくる。

そこへ寸ノ吉が様子を察して、茶の盆を運んできた。鞍之介がそれを手伝い、茶碗と和菓子を載せた折敷《おしき》を、客人の前に出す。

旨そうに茶を啜った南北は、ふと周囲を見回し、この名倉堂が妙に閑散としていることに気がついたらしい。

「や、今日はいつもより静かですかね」

と、近くに腰を据えた鞍之介に問うた。

「あ、いや、今日は急患がないんで……。ただこのところ、暇なんですよ。今しがたも、皆で首を捻っていたところでして」

「ほう。そりゃまたどうして」

何ごとにも好奇心旺盛な南北のこと、すぐに問いかけてくる。

するとまだ側にいた寸ノ吉が、懐から例のかわら版を取り出した。

「先生、これお見せしたらいかがですか」

あ、と鞍之介は一瞬迷ったが、この大御所に、胸のつかえを訴える気になった。何かいい方策を示してくれるかもしれない。

鞍之介はかわら版を見せながら、氷川堂の嫌がらせによって書かれたことを説明したのである。

「ほう……」

言ったきり、南北は茶碗を手にじっと無言でいた。

「いや、実はわしもその辺のことが気になって、名倉堂の名を外に出さぬよう、音羽屋に口止めしておいたんだがね。音羽屋も分かった人だから、改めて氷川堂に挨拶に上がると言っておったよ。ただ何ぶんにも、芝居は、幕開けしてしばらくはお祭り騒ぎなんだ。挨拶が多少遅れても仕方なかろう」

「いや、氷川堂がこういう態度をとるのは、今に限ったことじゃない。前々から、嫌がらせをして来てるんで、これは音羽屋さんの問題じゃありませんよ」

と鞍之介は口を挟んだ。

「ただ、まさかかわら版まで使って、こんなことをするとは思ってなくて。もともと氷川は、本所に根を張っていた先住者です。そこへ後から入ってきて縄張りを荒らす名倉が、目障《めざわ》りなんでしょう」

「うむ……」

何ごとか考え始めると、急に口数が少なくなるのである。

「こんなことで煩わしてすみません。親分さんも関わってることだし、まあ、いずれ何とかなるんで、この件はご放念ください」

「とりあえずは、くだらん挑発には乗らんことだね」

「はい、挑発に乗らんよう、相手を刺激しないよう、せいぜい心がけますよ」

「うんうん」

と南北はむっつり頷き、立ち上がった。

「それはともかく、師匠、そろそろ来てくださいよ」

「あ、そうそう。あと二、三日で、一波去るんで、改めて参りますわ。今は雑事が多くてね……」

などとこぼし、そそくさと帰っていった。

九

その数日後の朝のこと——。

朝食前に、裏庭で木刀の素振りをしていると、

「先生、大変です」

と叫びながら、木戸を押し開いて駆け込んで来る者がいる。寸ノ吉だった。

「朝っぱらから何ごとだ」

鞍之介は木刀を振り下ろす手も止めず、咎めるように言った。

最近は時間に余裕があるので、食事前の素振りや、午後の道場通いに汗を流すようつとめている。

「お客さんが来てますよ！」

「こんな時間に誰が」

「患者さんです」

「……？」

「それが今、玄関を開けると大勢並んでいて……。アッという間に待ち合いが一杯になっちまったんです」

「…………」

鞍之介は初めて素振りの手を止め、厳しい目で寸ノ吉を見た。

「また氷川堂が何か仕掛けたか？」

「ああ、いや、そうじゃないです。ガヤガヤ言ってよく分からんけど、皆、治療を希望してますよ。まずはこちらへ知らせようと」

「文平はどうした？」

寸ノ吉より文平の方が、動きが早いのだ。

「それがどこへ行ったか、見つからなくて……」

「よし、分かった。早めに支度するから、患者の整理を頼んだよ」

寸ノ吉が木戸から出ていくのを見送り、座敷に上がろうとした時、入れ代わりのように奥から文平が走り出てきた。

「先生、ここでしたか。玄関が大変でして……」

鞍之介に気付いて縁側まで小走りに進んで、腰を落とした。

「一体何の騒ぎだ。今、寸ノ吉から聞いたが、患者は一体どこから湧いてきたんだ？」

「あっ、ご存じでしたか。いえ、先ほど玄関の錠を開けたら、庭に行列が出来てたんです。その中に常連の茶問屋の旦那を見つけたんで、勝手口の方へ引っ張っていって、訊いてみると……」

と色白の面長な顔を紅潮させて言った。

「どうやら音羽屋さんがやってくれたそうで！」

「やってくれた？　音羽屋が？　何を？」

「何でも、一昨日の中村座の芝居の中で、音羽屋さんが、名倉堂の名を出してくれたんだとか」

「………」

「つまり、劇中で、名倉堂を宣伝してくれたんですよ」

「へえ？」

突っ立ったまま遠くを見ている鞍之介の耳に、別れる間際に菊五郎が繰り返した言葉がありありと甦った。

「このお礼は必ずさせていただきますよ」

歌舞伎役者が芝居の中で、特定の店や商品の宣伝をするのは、当代、特に珍しいことではなかった。

その方面に疎い鞍之介でも、それを知らないではない。

今や江戸歌舞伎は、他に比べるものもないほどの影響力を持って、多くの人に広まっていた。人気役者の身につけた物はすぐに流行りになる時代、舞台に立ってその口から特定のお菓子や酒の名が出ると、その宣伝効果は絶大だった。

もしその狂言が大当たりをとれば、繰り返し上演される。そのたびに宣伝が繰り返されるのだから、利に聡《さと》い商人たちが、放っておくわけがない。

江戸では、あらゆる大店が、歌舞伎と提携するようにさえなっていた。

その有名どころでは、二代目團十郎の『助六《すけろく》』に出てくる妓楼の『三浦屋《みうらや》』。その劇中に出てくる朝顔煎餅《あさがおせんべい》と、山川白酒《やまかわしろざけ》。さらに『外郎売《ういろううり》』の小田原《おだわら》名物『外郎』……などその成功例は少なくない。

かの南北も『独道中五十三駅《ひとりたびごじゅうさんつぎ》』で、肌に塗る白粉《おしろい》の宣伝文句が、台詞《せりふ》に書き込まれていた。それを役者が、即興で口にすることもある。

演じる役者や狂言の人気に伴って、これらの商品も爆発的に売れた。江戸商人と江戸歌舞伎は、持ちつ持たれつの共存関係にあったのだ。

だからと言って――。

それは自分とは縁遠い、大店の話でないのか。

駆け出しの、貧乏骨つぎまでが、その恩恵に浴すとは、夢にも思わぬことだった。

話によれば、今回の中村座の芝居に、急に追加された場面があったという。それは、舞台正面でその脚に重大な損傷を負った菊五郎演じる徳兵衛が、アッという間に早替わりして、花道に健康な姿を現す場面である。

「実は手前徳兵衛は、脚に大怪我を負ったため、急ぎ駒形名倉にて手当てを受け、かくのごとく立ち直って候……」

と語り上げ、やおら足をまくって名倉の膏薬を見せて、やんやの喝采《かっさい》を浴びたというのだ。

言うまでもなく、仕掛け人はかの南北に間違いない。

先日、名倉堂の窮状を知って驚き、持ち前の機知を働かせて劇中の宣伝を思いついたのだ。それなら氷川堂の力の及ばぬところで、名倉を持ち上げることが出来よう。

そう考え、さっそくにも音羽屋に掛け合って、芝居に新たな場面を加えたのだろう。

鞍之介は、朝の空の美しさに惹かれて、なおその場に立ち尽くした。

朝焼けの色は薄らいで青みが増した空に、白いちぎれ雲が浮かんでいて、いつの間にか柔らかい色の空になっていた。

十

その夜、鞍之介は少しの酒で、心地よく酩酊《めいてい》していた。

酒席には寸ノ吉、文平、和助の他に、親友の大江蘭童がいる。

蘭童はたまたまこの日の午後、芝居小屋まで足を運んで、『天竺徳兵衛』の芝居を見た。これで二度めである。

ところが花道での、菊五郎演じる徳兵衛の台詞《せりふ》を聞いて、芝居がはねるのも待たずに、名倉堂に駆けつけたのである。

「亀戸の師匠、やってくれましたねえ」

「これで氷川堂には、大逆転だ」

「きっと今ごろ地団駄踏んでますよ」

と皆は口々に言い交わし、初めから盛り上がっていた。

「今日は近年マレに見る忙しさだったが、乗り切れたのは皆のおかげだ。今夜は、盛大に呑んでくれ」

と鞍之介は神妙に頭を下げた。

開け放った戸の向こうに流れる川は、春宵《しゅんしょう》の闇におぼろに溶け、微かな夕風が川の匂いを運んでくる。

上り下りの櫓の音は少なくなったが、まだ消えてはいない。

鞍之介はいつもより酒が早く回り、昼の疲れもあって、うとうとしていた。

（窮地を脱したんだ）

と今になってやっと思えた。世の中は一人では回っていない。すべて皆のおかげだった。そんなことを思い、安堵も手伝ってうつらうつらする酔眼の向こうを、いろいろの姿がよぎっていった。

珍しくもあの寸ノ吉が、余興に詩吟を唸り、文平が駒形に来て初めて剣舞を披露した。そのうち蘭童が、フラリと立ち上がった。

皆より早くから呑んでいたから、相当出来上がっている。

「さあさ皆の衆、お立ち合い。手前こと天竺徳兵衛は……」

日ごろは物静かで、色白で理知的な顔の蘭学者が、今は何やら香具師《やし》のような口上を述べ始めたのだ。

皆は面白がって私語をやめ、ざわざわしていた座が急にシンとなった。鞍之介も覚醒して、どうなるかと固唾《かたず》を呑んだ。

「……何とか日本に帰り着き、国を乗っ取るその矢先、膝をぶち壊して歩けない」

「情けねえ徳兵衛だなァ、蝦蟇はどうした」

とヤジが飛ぶ。

「蝦蟇に乗ろうにも、痛くて乗れん。そこで徳兵衛、駒形名倉の戸を叩き、ちょっとなおった」

言うや、今まで羽織っていた紋付を脱ぎ捨て、その場に片膝立ちで座り、見得を切ったのである。

「さあご覧あれ、これぞ、貼ってピッタリ名倉の秘薬黒膏なりィ」

袴を膝まで手繰り上げると、黒い長方形の膏薬らしきものが、そこにぴったり貼られていて、皆は笑った。

「さあさあ、急げ、慌てろ、すぐ売り切れる。近くの者は裸足で走れよ、遠くの者は飛んで行かれえ、可愛い嬢ちゃんは、手前《わし》が抱いてゆく……」

ドッと笑いになった。

笑いの中で蘭童は、頽れるように倒れ込んだ。

「ようよう、蘭童先生が、ぶっ倒れたぞ」

と誰かが言ったが、皆は介抱も忘れて笑っている。

酔い潰れて座敷に伸びている友人の姿に、鞍之介も涙が出るほど笑いころげた。涙はいつまでも止まなかった。

〽夏の夕立それ稲妻が

そりゃこそガラガラぴっしゃりと
お臍めがけて光りやす

…………

『とっちりとん』を唄うお島の伸びやかな声が、三味線の爪弾《つまび》きにのって、竹ノ家の座敷に流れている。

〈参考資料〉

本著を書くにあたり、以下の文献を参考にさせていただきました。
篤くお礼申し上げます。

『江戸の骨つぎ』名倉弓雄（毎日新聞社）
『TRCほんわかだより』小畑信夫（図書館流通センター）
『鶴屋南北』古井戸秀夫（吉川弘文館）
『江戸人と歌舞伎』田口章子監修（青春出版社）
『隅田川の歴史』（かのう書房）
月刊『秘伝』二〇〇九年四月号（株式会社BABジャパン）

二見時代小説文庫

大川橋物語《おおかわばしものがたり》1 「名倉堂《なぐらどう》」一色鞍之介《いっしきくらのすけ》

二〇二四年 五 月二十五日 初版発行

著者 森《もり》 真《ま》沙《さ》子《こ》

発行所 株式会社 二見書房

〒一〇一-八四〇五

東京都千代田区神田三崎町二-一八-一一

電話 〇三-三五一五-二三一一 [営業]

〇三-三五一五-二三一三 [編集]

振替 〇〇一七〇-四-二六三九

印刷 株式会社 堀内印刷所

製本 株式会社 村上製本所

落丁・乱丁本はお取り替えいたします。定価は、カバーに表示してあります。

 ISBN978-4-576-24029-9

https://www.futami.co.jp/historical

が、ハイベリーに事情を聞くのに十分な証拠になると考えたんだ。ただ、ハイベリーは家にも店にもいなかった……」

「……チャールズはここにいたからよ」カトリーヌは打ち明けた。

ヤンは、友人の言ったことを聞いて唾を飲み込んだ。

「ヤン、これからあなたに言うことを、だれにもしゃべらないと約束してくれる？　アラナにもよ。アラナを全面的に信頼しているけど話したらだめよ」

新聞記者が戸惑っていると、カトリーヌは続けて言った。

「これはわたしにとってとても重大なことなの」

ヤンはカトリーヌの目を見つめ、安心させるように低い声で言った。

「約束するよ、カティ」

カトリーヌは安心すると、うつ伏せになった。

「このまま話を続けてもいい？」

「もちろんだ」

カトリーヌはチャールズとのやり取りをくわしく話した。チャールズに金を貸そうとしたことや自分がどうしてそんな大金を持っているかについては省略した。

「なんてひどいやつなんだ」ヤンは怒って吐き捨てるように言った。「きみみたいな思いやりのある女性にどうしてそんなひどい仕打ちができるんだ」

「わたしにもわからない。チャールズがそんな人だったなんて予想もしなかった」

「ひとつだけ確かなことがある」ヤンは言った。「警察がチャールズの家で催吐剤の箱を見つけたら、きみへの疑いはすぐに晴れ仕事を再開できる。ぼくも、きみのレストランについての記事をまた書くよ。任せてくれ」

「あなたは本当にいい人ね」カトリーヌはそう言って、ヤンの手を握った。

新聞記者の真摯さにカトリーヌは心を打たれた。本当にそれが必要だった。いま、カトリーヌは恋人ではなく友人を求めていた。ヤンはどう反応したらよいのか戸惑っていた。カトリーヌの行為はただ感謝の意を表したのだとはわかっていたが、ヤンの心は動揺した。ヤンは座ったまま咳払《せきばら》いをして話を続けた。

「憲兵隊は、なぜチャールズがケレたちの料理に催吐剤を混ぜたのかを考えるだろうが……。まあ捜査は憲兵隊に任せよう」

「それがいいわ」カトリーヌは賛成した。「もう犯人は調理されてお皿に載っているのだから、あとは動機を探せばいいのよ」

カトリーヌは起き上がり両手で膝を抱いた。

「ヤン、あなたは村のことにくわしいから訊くけど、どうしてマドレーヌは突然夫に復讐しようと思ったのかしら？　ケレは何十年も前からおおっぴらに浮気をしていたというのに。なぜ急にこの状況に耐えられなくなったのでしょう」

「さっぱりわからない。しかし、ケレが死ぬ直前に遺言書を書き換えようとしていたことを憲兵隊のロナン・サラウン曹長が教えてくれた。そのときは、あまり重要だとは思わなかったが、きみの話を聞いていろいろなことがわかってきた。マドレーヌ・ケレだけがその答えを知っている……」

「それでは、あしたにでもマドレーヌに会ってみようかしら」

「きみが行かなくても憲兵隊に任せておけばいい」

「夫を殺そうとしたことをマドレーヌが憲兵隊に告白すると本気で思っているの？　マドレーヌは敬虔《けいけん》なカトリック教徒だと聞いているわ。だから、司祭さまに告解することもあるでしょう。裁かれたり、非難されたりするためではなく、ただ理解してもらいたくて教会に行くのだと思う。罪をひとりで背負っているのは耐えられないことよ。ときには、自分の重荷をだれかと分かち合うことも必要なの」

「わたしも」ヤンは言った。「マドレーヌがきみにすべて打ち明けてくれることを祈っているよ」

62

秘密

カトリーヌ・ヴァルトは、美しい庭園のなかを曲がりくねって続く小道を進んだ。こんな大邸宅にひとり寂しく暮らしているマドレーヌ・ケレには時間がさぞ長く感じられることだろう。申し出を受けたマドレーヌはすぐにカトリーヌを家に招くことを決め、コーヒーでも一緒に飲みながら話をしようと誘った。「お互いのことをよく知る機会にしましょう」マドレーヌは熱を込めて言っていた。

カトリーヌは着ていく服を慎重に選んでいた。薄手のスラックスに絹のブラウス。きらびやかではないがエレガントな装いだ。化粧は控えめにして、髪は束ねて後ろでシニヨンにしている。マドレーヌは玄関前の階段でカトリーヌを待っていた。カトリーヌは、市場の立つ日にロクマリアの街で、きゃしゃなマドレーヌをときどき見かけることがあった。マドレーヌは礼儀正しくカトリーヌを迎え、ふたりは家の周囲を回ってリンゴの木の陰になっている小さなテーブルの前に座った。コーヒーポットとふたつのカップ、その隣にフィナンシェを盛った皿が置かれていた。

「カトリーヌと呼んでもいいかしら？」未亡人は尋ねた。

「結構ですわ、マドレーヌ」

ふたりはコーヒーを飲みながら、晴れた空の下ブルターニュの魅力について語り合った。

「ところで、ご訪問の目的をうかがってもよろしいでしょうか」和やかな話がひととおり終わると、マドレーヌは切り出した。

「お互いに知っている人の話をうかがいたくて来ました」カトリーヌは単刀直入に言った。

「よろしいですわ。どなたのことをおっしゃっているの？」

「チャールズ・ハイベリーのことです」カトリーヌは未亡人を注意深く観察した。マドレーヌはいささかも困惑した様子を見せなかった。

「お聞きしましょう」

「ぶしつけですが、マドレーヌ、なぜムッシュー・ハイベリーにお金を払って、わたしのレストランであなたの夫とその友だちの料理に薬品を混入させたのですか？」

「ずいぶん単刀直入に質問なさるのね」マドレーヌは言った。「ムッシュー・ハイベリーがあなたに言ったことを正確に教えてください」

「あなたがムッシュー・ハイベリーに二万ユーロを払って要求したのは、あなたの夫の料理に強力な催吐剤を混ぜることです」

「ムッシュー・ハイベリーはこのことをほかのだれかにも話したでしょうか？」

「わかりませんが、おそらく話してはいないでしょう」カトリーヌは答えた。「あなたたちの取引について知っているのはわたしだけだと思います。すべての手がかりがさまざまな点からムッシュー・ハイベリーの仕業だということをはっきりと示しています。ムッシュー・ハイベリーは逃亡していて、あなたを巻き込んでも彼にとって状況は変わりません」

「こうおっしゃりたいのでしょう」マドレーヌは言った。「あなたに話すのも帰ってもらうのも、わたくしの好きなようにしてよいと」

「まさにそのとおりです」

「あなたにお話ししたら、わたくしの言ったことを裁判官の前で証言するのでしょうか？」

「なぜそんなことをしたのか教えてくださらないのなら裁判で証言します。教えてくださったとしても、証言するかしないかはお約束することはできません」カトリーヌは言った。

「あなたの率直な言い方と、わたくしに選択肢を与えてくださる態度には好感が持てます。あなたは、ムッシュー・ハイベリーが白状したことを憲兵隊に話してわたくしを逮捕に向かわせることも確実にできたはずです。屋敷の下には海を望む小さなベンチがあります」マドレーヌは言った。「そこでお話ししませんか。とてもくつろげる場所なの……。わたくしは落ち着いてあなたに打ち明けたいのです」マドレーヌは悲しそうな笑みを浮かべた。

ヒマラヤスギの木陰で、女性ふたりは雄大な景色をしばらく堪能した。やがて、マドレーヌは話し始めた。

「来月には結婚四十五周年を祝うところでした。いえ、《祝う》と言うことばは適切ではありませんね。ジャン＝クロードはわたくしたちの結婚をいつも馬鹿にしていましたから。結婚は親同士が決めたことだとお聞きになっているかもしれません。わたくしは看護師で、世界じゅうの貧しい人々の世話をしたいと思っていました。ところが、意に反して、かわいい女の子しか眼中にない好色家の妻になってしまったのです。

自分は痩せっぽちで体に魅力がないことは自覚していました。婚約したときからジャン＝クロードはそのことでわたくしを執拗に責めました。そのあとも態度はずっと変わらなかったのです」

カトリーヌはマドレーヌを不憫に思った。自分自身の結婚も失敗に終わったが、少なくとも自分にはアンナとグザヴィエがいる。それにパトリックと結婚した初めの数年間は深い愛情もあった。

「惨めな夫婦生活についてはこれ以上話しません。わたくしは子どもが欲しくてたまらなかったのです。でも、いつまで経っても妊娠しませんでした。ジャン＝クロードは烈火のごとく怒りました。しかし、ある日、妊娠していることに気づきました。ジャン＝クロードには、もう隠すことができなくなるまで、そのことを言いませんでした」

「どうして伝えなかったのですか？」

マドレーヌは目を潤ませてカトリーヌを見た。

「ジャン＝クロードは子どもの父親ではなかったのですね」カトリーヌは言った。

「あなたはすぐに気づきましたが、ジャン＝クロードは二カ月前までまったく気づきませんでした。ジャン＝クロードは認めたがらなかったけれど、不妊の原因は夫にあったのです。どんなに浮気をしたって、子どもができて養育費を要求される心配はなかったのです」

「あなたはジャン＝クロード以外の男性と関係を持ったのですね」

「その男性との二カ月間は夢のように過ぎました。わたくしの人生で最高に幸福な日々でした。二カ月はあまりにも短いものでしたが、そのおかげで、わたくしは愛の情熱というものを知ることができ、残りの人生に耐えることができたのでしょう。いつかまた、その男性に会えるのではないかと無意識に思っていたのではないでしょうか。もしかしたら、と……」

カトリーヌは何も口を挟まなかった。マドレーヌが純愛の思い出の続きを話したがっていたからだ。

「このことを打ち明けたのはあなたが初めてなのよ……。当時の司祭さまに懺悔《ざんげ》してひどく叱られたあとはね。ポールはポリテクニックを出たエンジニアで、ロクマリア港の再開発の調査でこの村に来ていました。わたくしは二十八歳で、ポールは三十歳でした。村役場での歓迎セレモニーで知り合ったのよ。アポロンのような美男子ではなかったけれど……。わたくしも雑誌のピンナップガールのような体ではありませんでした。最初に会ったときから、何か強い力がふたりを結びつけました。何日か経って、醜い者同士でお似合いだとジャン＝クロードが馬鹿にしたのを覚えています。初めて夫の底意地の悪さを我慢しました。わたくしたちが恋に落ちていることをジャン＝クロードは疑いませんでした。二カ月のあいだ、わたくしは幸せという海のなかを泳いでいました。本当にすばらしい毎日でした。ポールがわたくしのおばから借りていた小さな家でふたりは会いました。おばはわたくしをかわいがってくれていて、何が起きているのかすぐに理解しました。ふたりの逢引《あいびき》が世間にばれないようにしてくれました。ジャン＝クロードとベッドをともにする受け身の女ではなくなっていました。何もわかっていないジャン＝クロードは、わたくしが生きる喜びを感じていることに驚いていました。しかし、そうなった原因を突き止めようとはしません。やがて、ポールの仕事は終わり、村を離れるときがやってきました。ジャン＝クロードと別れてリヨンまで一緒に来てほしいとポールは頼むのです。村の人々の白い目に耐える勇気はなく、わたくしは村にとどまることにしました……。ポールとの思い出を胸に秘めて。妊娠がわかると、わたくしはパニックになりました。ジャン＝クロードとベッドをともにする回数を増やし、とうとう妊娠したことを告げました。ジャン＝クロードは大喜びして、すぐにこのニュースを広めました。わたくしは安心して、これで不倫を隠し通せると思ってしまいました」

63

礼拝堂

マドレーヌは黙り込み、敷地に隣接する松林に目を向けた。

「しかし、わたくしは幸せになれない運命でした。予定日の二週間前に、お腹のなかの赤ちゃんは死んでしまったのです……。男の子で……わたくしはポールと呼んでいました」マドレーヌは嗚咽《おえつ》を漏らした。

カトリーヌは心を動かされ、悲しみに沈んでいるマドレーヌの肩に腕を回し抱きしめた。マドレーヌはこれまでの人生で滅多に触れたことがなかった優しさに接し、カトリーヌに身を委ねた。そして姿勢を正し、しっかりした声で言った。

「亡くなった子どもに洗礼を受けさせ、敷地の奥の目立たないところにある礼拝堂の隣に埋葬しました。ジャン＝クロードの家族が五十年前から所有している土地にある、十九世紀に建てられた古い礼拝堂です」

「ジャン＝クロードはなんと言ったのですか？」

「いつもどおりの反応でした。怒り狂って、子孫も残せない役立たずめと、わたくしを罵りました。それからの何年かは地獄のようでした。排卵期に夫のベッドに行かなければならなかったのです。当然の結果ですが、妊娠できなかったのはわたくしのせいだと夫は信じていたのでしょうね」

「ジャン＝クロードは、あなたがほかのだれかとのあいだに子どもができたとは考えなかったのかしら？」カトリーヌは驚いた。

「微塵も思わなかったでしょう。男の人がわたくしに興味を持つなんて考えてもいませんでした。四十年近く毎日、わが子のお墓に行き祈りを捧げました。赤ちゃんのポールを失った悲しみも和らぎ、多くの祈りを見守ってくれたこの古い建物の静けさにわたくしの心は癒されました。あのことが起こるまでは……」

カトリーヌは話が終わりに近づいているのを感じた。

「二カ月前のことです」マドレーヌは続けた。「ジャン＝クロードがわたくしの寝室に入ってきました。どんなに驚いたか想像してください。何十年もなかったことなのです。顔は真っ赤でした。また大酒を飲んでいました。手に黄ばんだ昔の手紙の束が握られているのに気づいて、夫に罵声を浴びせられるのを覚悟しました。夫はいつものようには怒鳴りませんでした。その代わりに、皮肉交じりに言ったのです。『ふしだらな女たちとしょっちゅう遊び歩いているとおまえはおれを非難してきたが、おまえこそ不潔な尻軽女だ』と、夫は吐き捨てるように言いました。ごめんなさいね、カトリーヌ。これがそのまま夫が言ったことばなの。夫はわたくしの持ち物を探して、ポールからの手紙を見つけました。それは、父親になる喜びと自分のもとに来るよう呼びかける内容でした」

「あなたの不倫でジャン＝クロードはそんなに動揺したのですか」カトリーヌは少し驚いた。「少しはあなたを気にしていたのね」

「そうだったらよいのですが……。ジャン＝クロードは自分が無精子症だということに気がついたばかりで、それは妻に不倫されたことよりもプライドを傷つけられることだったのです。怒りに任せて怒鳴り散らされるより、おとなしいほうがかえって恐ろしいものです。何をたくらんでいるのだろう。怒鳴られるだけではすまないように思いました。夫の復讐を聞いてわたくしは凍りつきました。遺言を書き換えて、わたくしにとってかけがえのない礼拝堂の敷地を不動産開発業者に売ることにしたのです。『おまえの子どもの骨をパワーショベルで掘り返してやる』と捨て台詞を残して、夫は寝室を出ていきました。この年になると、ほとんどのことは受け入れられるのですが……これだけは許せませんでした」

そして、マドレーヌは、チャールズ・ハイベリーを知り、チャールズに会って交渉を成立させたと話した。話の内容はチャールズの言ったことと一致した。

「なぜ催吐剤を料理に混ぜさせたのですか」カトリーヌは訊いた。「ジャン＝クロードに罰を与えるのはわかりますが、そんなことをして、あなたから礼拝堂を取り上げるのを阻止できると思ったのですか」

「ジャン＝クロードは一見頑丈そうに見えますが、体は健康ではありませんでした。さんざん体に悪いことをしてきた付けが回ってきたのです。何カ月か前に夫の主治医と話していて、この薬品を摂取すれば内出血を起こすと確信していました。内出血は起こらなかったけれど、結果には満足しています」

マドレーヌの告白のあと、長い沈黙が訪れた。マドレーヌは故意に夫を殺させたのであり、人の手によって裁かれなければならない。しかし、カトリーヌはマドレーヌを責められなかった。復讐というものの威力を自らも知っていたので、ジャン＝クロードの卑劣な決断により、妻は精神的に破滅させられていたのかもしれないと、カトリーヌにも予測できたからだ。マドレーヌのやったことは一種の正当防衛と言えるのではないか。自分はマドレーヌを裁くためにここへ来たのではない。

「自分のやったことがよかったとは思っていません。わたくしはクリスチャンで、自分が殺人を犯したことは自覚しています。だから、神に許しを請うべきかもしれません。しかし、ある行為に対して許しを請うためには、それをしたことを後悔していなければなりません。それなのに、わたしはいま後悔していない。いったいどうしたらよいのでしょうか？」

「わたしには答えることができません」カトリーヌは口ごもった。

「もちろん」マドレーヌは言った。「自分がやったこととの判断をあなたに委ねようとは思いません。憲兵隊に出頭しようとも思いましたが……」

「思いとどまったのですね」

「ずっと前から胸に秘めていた計画があるのです。もし、ジャン＝クロードが先に死んだら、このおぞましい屋敷を出ていこうと思っていました。屋敷は相続した遺産で改築し、見放された女性とその子どもたちのための施設にするのです。あなたは信じてくださるかどうかわかりませんが、それが憲兵隊に出頭するのを踏みとどまった理由です」

このか弱そうな女性はこれほどまでに広い心を持っていた。

「すばらしい計画ですね」カトリーヌは称賛して握手をした。

64

一件落着

「ほかに付け加えることはありませんか、マダム・ヴァルト？　チャールズ・ハイベリーの逃亡先を本当に知らないのですか」バルナベ・グランシール大尉はしつこく尋ねた。

「わたしのレストランで人を殺して罪をなすりつけようとした男が、悪事が露見したときどこへ逃げるかを教えてくれると本気で思いますか？」

「親しい人にだけ秘密の手がかりを残すこともできたはずだ」

「チャールズがピロートークでわたしに漏らしたと主張したいのなら」カトリーヌは冷ややかに言い返した。「見当違いもいいところだわ。あなたがほのめかすようなこと、つまり、わたしがチャールズと一緒に寝たことはありません」

「軽率なことを言って失礼しました」グランシール大尉は、カトリーヌの怒りが爆発する前に謝った。「本当はそう言いたかったのではありません。以前に話をお聞きしたときに、ハイベリーを全面的に信頼しているとおっしゃっていたので、ハイベリーも本音を漏らすことがあるのではないかと思ったのです」

「チャールズは本音を漏らさなかったけれど、わたしは……」

「いずれにせよ」グランシール大尉は脱線した話をもとに戻そうとして言った。「これでハイベリーの有罪を示す証拠が揃いました。ケレの検視で検出されたものと同じ成分を含む薬品の箱がハイベリーの家で発見されました。ロクマリアのムノン医師は、ヤン・ルムールが入手した処方箋を書いていないとはっきり言っています。ハイベリーは処方箋を偽造して薬品を手に入れたわけです。ムノン医師の証言がハイベリーの犯行を示す決め手になりました。ところで、ジュリエンヌ准尉、追跡のほうはうまくいっているのか」

「新しい手がかりは皆無です」エリック・ジュリエンヌ准尉は状況を説明した。「レンヌの駐車場でハイベリーのMINIを見つけて以来進展はありません。駅の監視カメラの映像も調べたのですが、成果はありませんでした」

「修理工のムールー・ケルヴュルによると」カトリーヌ・ヴァルトが口を挟んだ。「車に細工した人間は構造に相当くわしかったようです。ペテン師だったチャールズの過去に目を向ければ、車の二、三台は盗んで、痕跡を消すために細工もしていたでしょう」

「どっちにしろ」ジュリエンヌ准尉は言った。「ハイベリーは、ケレを殺し一緒に夕食をとった仲間三人を殺そうとした容疑で指名手配されているのです。ハイベリーの写真をすべての警察組織と国境警察に送りました」

「ヤン・ルムールに対する殺人未遂も容疑に加わっているのでしょうか」カトリーヌは訊いた。

「残念なことに、ハイベリーがルムールのプジョーのブレーキを利かなくした犯人だという確証はありません」ジュリエンヌ准尉は悔しそうに言った。「ハイベリーを捕まえてみないとわかりません」

「この国の憲兵隊が無能だと言っているわけではないわ。でも、チャールズは詐欺の天才だし、逃亡を助けてくれる友だちもいるのでしょう」

「時間が解決してくれるのを待つしかありません」グランシール大尉は肩をすくめた。「でも、なぜハイベリーがケレを殺したのかを知りたい。それについてはなんの手がかりもないのです。あなたに心当たりはまったくないのですか？」

「わたしもずっと考えているのですよ、大尉」カトリーヌはため息をついた。「わたしがマタ・ハリの子孫のように見えますか?」

「あなたは魅力にあふれていますが、ベリーダンスを踊るようにはとても見えませんね……。まあ、マタ・ハリはオランダ人ですが」グランシール大尉は、再び脱線してしまった話題を本筋に戻そうと笑みを浮かべた。「いずれにしても、マダム・ヴァルト、捜査の結果、あなたの疑いはすっかり晴れました。一刻も早くレストランが再開できるよう、わたし自身が県衛生局にかけ合いましょう」

「本当にありがとうございます」カトリーヌはほっとした。「わたしのレストランにいらしてくださいね……。みなさんも」カトリーヌはロクマリアの憲兵全員に向かって言った。

エピローグ

「テーブルクロスをかけましょうか」アラナ・ルムールは、長テーブルの周りに折りたたみ椅子を並べながら尋ねた。

「お願いするわ。リビングルームの整理ダンスにあるから」カトリーヌ・ヴァルトは、招待客全員が日陰に入れるように確認しながら言った。

カトリーヌは、太陽の軌道を予測して大きなパラソルを動かした。ブルターニュはまだ真夏とは言えなかったが、駆け足で猛暑が近づいてくる。海岸沿いで三十度というのは滅多にあることではなかった。

「バーベキューの具合はどう？」カトリーヌは、遠くで昼食の準備に忙しいヤン・ルムールに声をかけた。

「いい具合だ。『人類創世』に出演している原始人の気分で火をおこしているよ」

「コークスがもっと欲しければ、庭の奥の小屋にあるわ」

「いや、結構」ヤンは勢いよく首を横に振った。「その工業用のコークスは化学物質でいっぱいだ。ロクマリア村で切ったクリの木を海風で二年乾かしたものを持ってきたから、それを使うよ」

「あなたが筋金入りのエコロジストだとは知らなかったわ」カトリーヌは笑った。

昨夜、ヤンはケルブラ岬邸を訪れ、地面に穴を掘って耐火れんがの壁で周りを囲い、立派な窯を作り上げた。その後、カトリーヌと一緒にテラスで静かに食事をした。

「これを持ってきたけど、いいかしら？」アラナは、明るいチェック柄のテーブルクロスを見せながら言った。

「いい選択だわ」カトリーヌは食器を並べながら、声を落として言った。

「アラナ、ちょっと訊いてもいい？」

「何を訊きたいのかお見通しよ」若い娘はからかうように言った。「でも、とりあえず言ってみて」

「きのう、あなたのお父さんに率直に言ったの。『ヤン、あなたはいい友人だけど……でも、それ以上ではない』と」

アラナはけたけたと笑った。

「けさ、父さんとそのことについて話したの」アラナは楽しそうに言った。「父さんは振られちゃったのね」

「あら、決して傷つけようとしたわけではないわ。あんないい人を傷つけるなんて」

「父さんは少しがっかりしたかもしれないけれど、わたしは構わない。でも、あなたが率直に言ってくれてよかったと父さんも言っていたわ。わたしもはっきり言ってくれてよかったと思っている」

「どうして？」

「父さんは太っていて、いかつい感じで、知らない人が見たら熊と見間違うわ。それに、人の言うことを聞くタイプじゃない。好きになった人がいれば、見境なく突き進む……。まるでミーハーな女の子ね。失恋して落ち込んでいる父さんを抱きしめたことが何度もあるわ。あなたが素直な気持ちを伝えたのは、父さんにとっても本当によかったのよ」

「ヤンはすてきな人よ」自分は間違っていなかったのだと、カトリーヌはほっとして言った。「でも、チャールズ・ハイベリーのことでいろいろあったから、わたしには落ち着く時間が必要なの。まだ心の整理がついていないのよ。あなたのお父さんのおかげで、悪人と付き合わずにすんだ。一時は夢中になっていたというのに」

「わたしは会ったことはないけれど、ハイベリーに実際会った女性たちは手に汗をか

いて胸をときめかせていたわ。わたしも会っていたらそうなっていたかもしれない

……」父親が近づいてきたので、アラナは話を切り上げた。

「肉体労働をした男にビールのご褒美は？」ヤンが催促した。

「働いた女性たちにも」カトリーヌは答えた。「さあ、招待した人たちが来る前に、ちょっとビールを飲みましょう」

あちこちから笑い声が起こり、一段と大きな声になった。ブルターニュ産のエデューとキールをベースにしたアペリティフで喉を潤したあとは、料理とエミール・ロシュコエが探してきた何本ものプロヴァンスのロゼが続いた。

カトリーヌは強い絆《きずな》で結ばれた友人たちをケルブラ岬邸に招待していた。ヤンとアラナのルムール親子、マリーヌとエルヴェのル・デュエヴァ夫妻と三人の娘たち、書店のアレクシア・ル・コールと夫のアラン、養豚業のマロ・ミコルーに妹のセシルとふたりの子どもたち、音楽隊の首席ビニウ奏者とその妻、そして最後に〈ル・ティモニエ・オリエンタル〉のオーナー、エミール・ロシュコエとその妻アニックだ。エルワン・ラガデックだけがまだ来ていなかった。マロはヤンを助けてれんがの窯で魚を焼いて、カトリーヌが作ったサラダを添えた。元漁師のヤンは朝早くから魚市場に行

き、海からあがったばかりのスズキやマトウダイ、イシビラメを持ち帰った。最後にマロがきのうから特別に作っていたメルゲーズ（辛味の強いアラブ風ソーセージ）で彩りを添えた。

「バーベキューにはメルゲーズがつきものよ」と言う姪のマルゴのアドヴァイスに従ったのだ。

「メルゲーズのお代わりをください」マリーヌの末娘グウェンドリンが小声で言った。

「もう二本も食べたでしょ」

「うん、だけどパンとマスタードが残っているの。ママンはいつも言っているじゃない。『食べ物を粗末にしてはいけません。アフリカの子どもたちは飢えているのよ』って」

「はいはい。でもあと一本だけですからね」マリーヌはしぶしぶ承知した。

「それに」長女のヴィヴィアーヌが加勢した。「家で網焼きをするときはメルゲーズを焼くことなんて滅多にないものね。どんなに好きか説明しても、ママンは植物性ミートのソーセージばかりたくさん買ってきて、たったひとつの貧相なメルゲーズを姉妹三人で分け合うことになるの。だからグウェンドリンに好きなだけ食べさせてあげようよ」思春期まっただなかの姉が妹に思いやりを見せた。

「それじゃあ、わたしが買ってきた魚を食べようという者はいないのか」ヤンは苦笑いをしてわざとすねてみせた。

「いや、魚もおいしいよ。焼き加減もばっちりだ」アレックスが慰めるように言った。

「ヤン、正直に言うけど」今度はカトリーヌが褒めた。「こんなにおいしい魚を食べたのは初めてよ」

ヤンは一瞬にして喜びに包まれ、満足の笑みを浮かべた。

「レストランはいつ再開するんだ？」アレックスが尋ねた。

「今度の金曜日よ。お祝いにまたビュッフェをやるわ。村役場に道路の使用許可をもらってあるの。満員札止めになる予感がする」

「あたしたちも手伝うわ」三姉妹はすぐに叫んだ。

「本当にありがとう、お嬢さんたち」カトリーヌは女の子たちに礼を言った。「でもなんとかなるわ。豚肉製品はマロに注文したし、タルト・フランベとデザートは二、三日前からエルワンと準備する。それにフルタイムのフロアスタッフにも来てもらうことになっているの」

「えっ、だれのこと？」

「ジュリー・フゥエナンよ」カトリーヌはみなに告げた。

「エルワンはそのことを知っているの？」三人姉妹の長女ヴィヴィアーヌは、思春期特有の無関心な態度を捨て、ロマンスの始まりを予感させるカトリーヌのことばにうっとりした。

「まだ知らせていない。エルワンがここに来たら、話して驚かせようと思っているの」

「どうしてジュリーに決めたの？」アニック・ロシュコエもこの話を聞いて興奮し、さっそくこのニュースを友だちに広めようとわくわくした。

「エルワンがそっと教えてくれたのよ。ジュリーはコンカルノー近くのレストランで二年間働いているけれど、この仕事はもう飽きたと言っているって。それでジュリーと会ってみたの」

「あら、ジュリーはマチュー・ラガデックと付き合っているってもっぱらの噂よ」アニックは言った。

「確かにそういう噂が村に流れているわね」カトリーヌは反論した。「でも、ジュリーはまだマチューと付き合うかどうかを決めていない。マチューの目立ちたがり屋のところが引っかかっているの……。そして心のなかではまだエルワンのことを思っているのよ」

「ジュリーはあなたにそう告白したの？」ヴィヴィアーヌは話の展開に興奮して声を

上げた。

「はっきりそう言ったわけではないけれど、人間五十一歳にもなればことばの綾《あや》を読み取れるのよ。ヴィヴィアーヌ、将来恋人と話すときは、口先から出ることばを聞くだけでなく、その人の目を見つめなさい」思春期の娘はカトリーヌのアドヴァイスをありがたく拝聴した。

「でも、どうしてジュリーはカティのレストランでエルワンと一緒に働きたいと思ったのだろう？」アレックスが会話に参加した。

「理由は三つ。第一に、エルワンが熱心に仕事を続けていること、次に、プリジャンきょうだいのバーでエルワンが兄のマチューの顔にパンチを食らわせたこと、そして最後は、わたしが提示した給料が……」

「女というのはそういうものだよ」エミールが訳知り顔で言った。「花束持参で求愛するよりも、一発のパンチに感激するものさ」

「まあ、あきれたわ、エミール」妻のアニックが落胆して言った。「わたしがあなたの腕力に惚れたと思っているのね……」

「では、ジュリーはエルワンやあなたと一緒にすぐにでも働けるのね」アレクシアは夫婦喧嘩をやめさせるため話題を変え、カトリーヌに質問した。

「きのう雇用契約書にサインしてくれたわ。これで、わたしも週のうち何日かは泊まりがけで外出して子どもたちに会いに行ったり、いろいろなことをしたりできるようになる。レストランが再開する今度の金曜日から働いてくれるのよ。ロミーには勉強のためにブレストに行く前にもう一度手伝ってもらう」

「あなたはこの最強チームのリーダーにふさわしいわね」マリーヌは感激して言った。

「みんなでレストランに行くわ。もちろん娘たちも一緒に。わたしが言わなくても、もちろん行くでしょうけど」

正面の門が開く大きな音がしたので、みなはそちらに注目した。

「やあ、エルワン、もう来ないのかと思ったぞ」ヤンはエルワンのほうを向いて声をかけた。

エルワンの真っ青な顔を見て、ヤンは不審に思った。エルワンは気もそぞろにみなに挨拶をしながら、カトリーヌに近づいた。

「ちょっと離れたところで、話したいのですが」

カトリーヌは怪訝な顔をして立ち上がり、テーブルを離れた。

「エルワン、何か問題でも？」

「カティ、深刻な事態に巻き込まれたのです」

「どんな?」

「おれの過去が追いかけてきて、レストランが巻き添えになりそうな事態です」

カトリーヌは、不安そうなエルワンと太陽に照らされて輝くマン・デュの島々を交互に見た。ロクマリア村は観光案内所のパンフレットが宣伝している小ぢんまりした静かなリゾート地ではなかった。

謝辞

カトリーヌと仲間たちの冒険を書くに当たり、協力をしてくれたり励ましてくれたりしたすべての人たちに感謝を申し上げる。

ブルトン人であれアルザス人であれ、女性たちの冒険についての物語を読んでくれた人たち、適切なコメントで物語をよりおもしろくしてくれた人たち、そして何より登場人物を作るヒントを与えてくれた人たちにスポットライトを当てることから始めよう。

まずはシャンタル・ギュイヨンヴァルシュから。主人公たちについての疑問や仮説をたくさん投げかけてくれ、そのおかげで魅力ある登場人物を作ることができた。いつも鋭い観察眼をわたしたちに注いでくれたソフィー・ド・ラ・ロッシュと、わたしたちの作品を読み、助言し、励まし……、西インド諸島のグンドループで作られたラム酒でわたしたちを勇気づけてくれた缶詰製造会社ラ・ベル・イロワーズ社のカトリーヌ・メジネルにも礼を言いたい。

ヴェロニック・ペルドュの批評眼にも感謝する。

女性たちにも助けられたが、男性たちもこの小説を完成させるのに大きな貢献をしてくれた。

アレックス・ニコルから始めよう。ブルターニュの慣習や料理にくわしく、コンブリ＝サント＝マリーヌの隠れ家でこの地域の込み入った事情をていねいに調べてくれた。まさにこの役に適任だ。

ニコラ・エシュリッシュにも最大限の感謝を捧げたい。わたしたちの冒険譚の始まりから参加してくれて、必要なときにいつも前向きで率直な意見をくれた。

もうひとりの新人、鋭い目を持ったロイック・エストゥリオは校閲者に求められるすべての資質を備えており、その名にふさわしい人物だ。

もちろん、カロリーヌ・レペとカミーユ・ルセに心からの感謝を贈らなければならない。ふたりは、カトリーヌ・ヴァルトと仲間たち――敵たちも――の波乱に満ちた冒険をわたしが書き上げられると信頼してくれた。

わたしたちがブルターニュを舞台にしたコージーミステリを書く計画を立ち上げることを打ち明けるとすぐに、カロリーヌは興味を持ち熱心に執筆を勧めてくれた。

メラニー・トラパトーとカルマン＝レヴィ社のチームには、この作品を最高の状態で読者に届けてくれることに感謝する。

この本をあなたが気に入ってくれますように。ブルターニュのカティの冒険はまだ続くのですから！

著者について

あなたがいま読み終えたカトリーヌ・ヴァルトの波乱万丈の物語を、妻マルゴと夫ジャンのル・モアル夫妻が書くことを決めたのは、フィニステール県の道路での議論がきっかけだった。

結婚して幾年月、若いころシャルル・エクスブライヤの推理小説の愛読者だったふたりはコージー・ミステリを書くという冒険にチャレンジしたくなった。

ブルターニュが物語の舞台として理想の場所だとすぐに思いついたが、登場人物を魅力あるものにするには生命を吹き込まなければならない。ジャンはブルターニュ出身、マルゴは生粋のアルザス人なので、登場人物を作り上げるのに長い時間は要さなかった。フランスのふたつの地域のひと癖もふた癖もあるキャラクターが一堂に会することができるとはなんという幸せだろう。

何度もブルターニュ地方を上機嫌で楽しんで訪れているあいだに、四本の手は自然に物語を紡ぎ出していた……。

この初めての強烈な経験に力を得て、マルゴとジャンは、カティの人生の新しいエピソードをもとに続編となる複数の物語を準備している。

コージー・ミステリというジャンルは初めてでも、マルゴとジャンは執筆活動が初めてというわけではない。ジャック・ヴァンドローというペンネームで、スリラーのジャンルで十冊以上の小説を発表し、多くの読者を獲得した。ジャンは著者として、マルゴは校閲者、編集者として。

ふたりとも普段はエンジニアをしているが、作家活動で別の景色を見ることができ、驚きと美しい出会いを得ることができた。

著者の連絡先：margot.et.jean@gmail.com

訳者あとがき

フランス発のコージー・ミステリ『ブルターニュ料理は死への誘い』（原題 *Une enquête à Locmaria: Bretzel et beurre salé Enquête 1*）をお届けします。フランスのミステリといえば本格推理小説や、スリラー、サスペンスはこれまでわが国にも紹介されてきましたが、本作のようなライトなミステリはほとんど翻訳されてこなかったのではないでしょうか。

本作の舞台はフランス北西部のブルターニュ地方のなかでも西端にあるフィニステール県（地の果ての意）にある架空の小さな村ロクマリアです（モルビアン県ベル・イル島に同じ地名が実在しています）。

そのロクマリア村にフランスの東の端アルザス地方に住んでいた女性カトリーヌ・ヴァルトが移住してきたところから物語が始まります。長年連れ添った夫との離婚、妹の死という悲しみを乗り越えるため、五十一歳の女性は新天地で生活を始めることを決意し、村にアルザス郷土料理のレストランを開きます。住民ともすぐ仲良くなり、豚肉や野菜を提供してもらったり、店を手伝ってもらったりして、レストラン経営は順調に行くかに見えました。

ある夜、レストランの名物料理に薬が混入し、それを口にした村の実力者が急死して状況は一変します。死んだのは高利貸しをしている元村長で、大勢の住民に嫌われていました。レストランは営業停止に追い込まれ、カトリーヌやシェフにも殺人の嫌疑がかかります。窮地に陥ったカトリーヌは友人たちの励ましや協力を得て、真犯人を突き止めようとしますが……。

本作にはミステリとしての謎解き以外にも魅力があります。第一の魅力は多彩な登場人物です。カトリーヌの右腕となって働く元不良のシェフや、そのシェフの成長を温かく見守る祖母、カトリーヌが引っ越してきてすぐに仲良くなった書店経営の女性や教師一家、良質な豚肉をレストランに提供してくれる養豚家のきょうだい、正義感あふれる新聞記者とその娘の看護師、独特のユーモアでカトリーヌを励ます食料品店主のイギリス人、村の情報発信基地になっているバーの経営者夫妻、夫とは正反対に慈悲深く敬虔な元村長の妻。悪役もバラエティーに富んでいます。嫌われ者の元村長や、なぜかカトリーヌを恨んでいる農場経営者、色男を気取り女性絡みで問題を起こすその長男、美貌のカトリーヌをライバル視してよからぬ噂を流すスーパーの女性経営者……。カトリーヌの周囲の人々が織りなす人間模様は謎解きのストーリーに彩りを添えています。

忘れてはならないのが事件を捜査する憲兵隊（gendarmerie）の面々です。フランスの警察制度は日本とは異なり、都市部は国家警察、地方は国防省管轄下の憲兵隊が担当しています。本作では個性豊かな憲兵たちが捜査をしていく様子がときにユーモラスに描かれています。

第二の魅力は舞台となっているブルターニュ地方のすばらしい自然や文化の描写です。イギリス海峡と大西洋に挟まれているブルターニュは、メキシコ湾からの暖流のおかげで年間を通して温暖な気候で避暑や避寒にも適しており、ロクマリア村もシーズンには多くの観光客が訪れるリゾート地として登場します。エメラルドグリーンの海、風に乗ってダンスを踊るカモメたち。カトリーヌもたちまちこの風景に魅了されます。ブルターニュの風景は画家たちも惹きつけたようで、本作に絵画が登場するポール・ゴーガンもポン＝タヴァンにしばらく滞在していました。

一方、ブルトン人（ブルターニュの人）は自分たちのことばや文化、歴史に誇りを持っています。祭りやセレモニーなどの際、音楽隊がバグパイプの一種であるビニウ

(biniou）や木管楽器ボンバルド（bombarde）を、ときに陽気に、ときに哀愁を込めて、演奏をする場面が本作でも何度か登場します。インターネットの動画共有サービスで検索すればいろいろな演奏の様子を動画で見ることができます。ブルターニュは歴史的にも魅力のある土地で、紀元前三〇〇〇年ごろの新石器時代のものと言われる（もっと古い時代とする説もあります）巨石遺構があちこちに残っています。カトリーヌが購入したケルブラ岬邸の庭にも細長い柱状の巨石メンヒル（menhir）がありました。これもインターネット上に画像があります。

さて、著者のル・モアル夫妻の著作を紹介しましょう。「著者について」にもあるように、アルザス出身の妻マルゴとブルターニュ出身の夫ジャンがコージーミステリの執筆をするのは初めてですが、これまでにもふたりはジャック・ヴァンドロー名義で多数のスリラー小説を発表してきました。

本作は『〈プレッツェルと有塩バター〉の事件簿』シリーズの第一作として二〇二一年三月に刊行されました。原書では以下のとおり続編三作も発表されています。

『*Une Pilule difficile à avaler: Bretzel et beurre salé Enquête 2*（二〇二一年）』

『*L'Habit ne fait pas le moine: Bretzel et beurre salé Enquête 3*（二〇二二年）』
『*Loin des yeux, loin du Coeur: Bretzel et beurre salé Enquête 4*（二〇二三年）』

本作では主人公や周辺の人物の過去にまつわるすべての謎が明らかにされているわけではありませんが、これらも巻を追うごとに明らかになっていくでしょう。もちろん新たな事件や騒動も起きるはずです。

最後になりますが、フランス事情や固有名詞などについて神戸市でアミティエ外国語教室を主宰する中村朋子さんにご教授いただきました。また、本作を翻訳する機会を与えてくださるとともに、ていねいに訳文の不備を指摘してくださった二見書房の山本則子さんにも感謝申し上げます。

二〇二三年青葉の茂るころ

ザ・ミステリ・コレクション

ブルターニュ料理《りょうり》は死《し》への誘《いざな》い

2023年 9月20日　初版発行

著者　マルゴ・ル・モアル&ジャン・ル・モアル
訳者　浦崎直樹《うらさきなおき》

発行所　株式会社 二見書房
東京都千代田区神田三崎町2-18-11
電話 03(3515)2311［営業］
03(3515)2313［編集］
振替 00170-4-2639

印刷　株式会社 堀内印刷所
製本　株式会社 村上製本所

落丁・乱丁本はお取り替えいたします。
定価は、カバーに表示してあります。

ISBN978-4-576-23087-0
https://www.futami.co.jp/

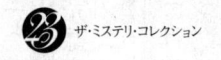

*の作品は電子書籍もあります。

メイドの秘密とホテルの死体*
ニタ・プローズ
村山美雪［訳］

モーリーは地元の高級ホテルで働く客室メイド。ある日清掃のために入った客室で富豪の男の死体を発見。人づきあいが苦手で誤解を招きやすい性格が災いし疑惑の目が…

完璧すぎる結婚*
グリア・ヘンドリックス&サラ・ペッカネン
風早柊佐［訳］

裕福で優しいリチャードとの結婚を前にネリーには悩みがあった。一方、リチャードの前妻ヴァネッサは元夫の婚約を知り…。騙されること請け合いの驚愕サスペンス！

プエルトリコ行き477便*
ジュリー・クラーク
久賀美緒［訳］

暴力的な夫からの失踪に失敗したクレアは空港で見知らぬ女性と飛行機のチケットを交換する。だがクレアの乗るはずだった飛行機がフロリダで墜落、彼女は死亡したことに…

私の唇は嘘をつく
ジュリー・クラーク
小林さゆり［訳］

キャットは10年前、自分の人生を変えた詐欺師メグを捜しつづけていたが、ついにあるパーティーで見つける。今度は自分がメグに復讐する番だと心に誓うが…。

そして彼女は消えた*
リサ・ジュエル
氷川由子［訳］

15歳の娘エリーが図書館に向ったまま失踪した。10年後、エリーの骨が見つかり…。平凡で幸せな人生の裏でじわじわ起きていた恐怖を描く戦慄のサイコスリラー！

誠実な嘘*
マイケル・ロボサム
田辺千幸［訳］

恋人との子を妊娠中のアガサと、高収入の夫との三人目を妊娠中のメグは出産時期が近いことから仲よくなるが…。二人の女性の数奇な運命を描く戦慄のスリラー！

メーデー 極北のクライシス
グレーテ・ビョー
久賀美緒［訳］

ロシアとノルウェーの国境近く、軍事的な緊張が高まるなか、ノルウェー空軍の女性パイロットとアメリカ空軍パイロットがのるヘリがロシア領内に墜落、二人は国境を目指すが